1

Masaaki Ninomiya

Aus dem Japanischen von Martin Bachernegg

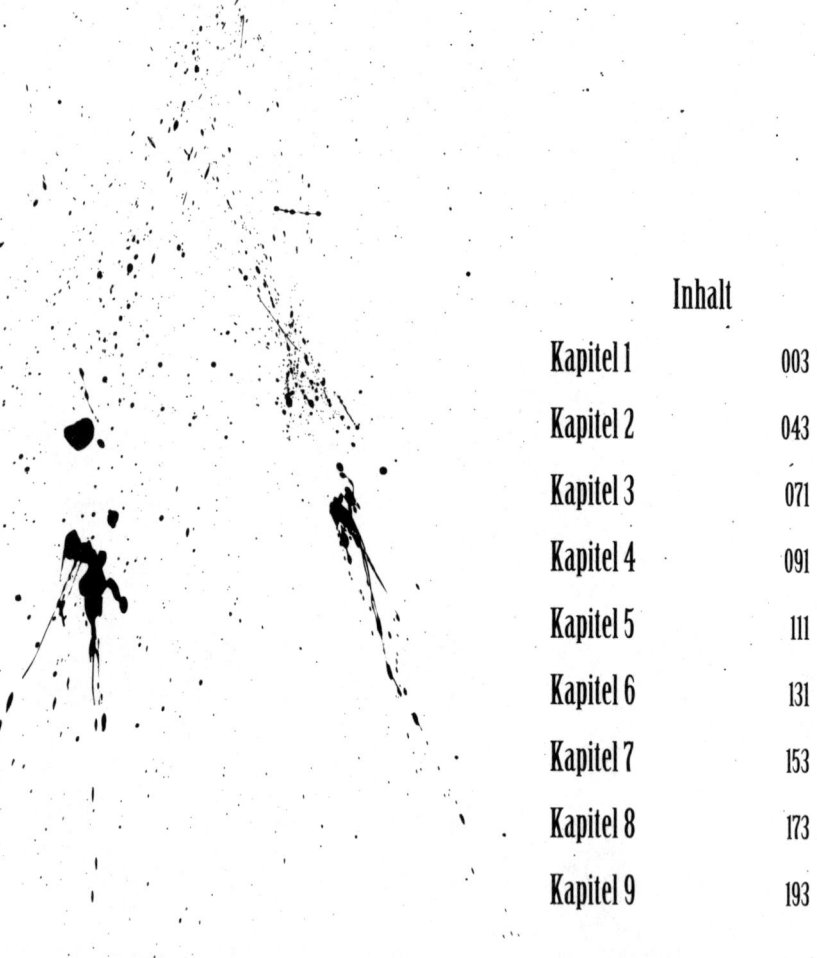

Inhalt

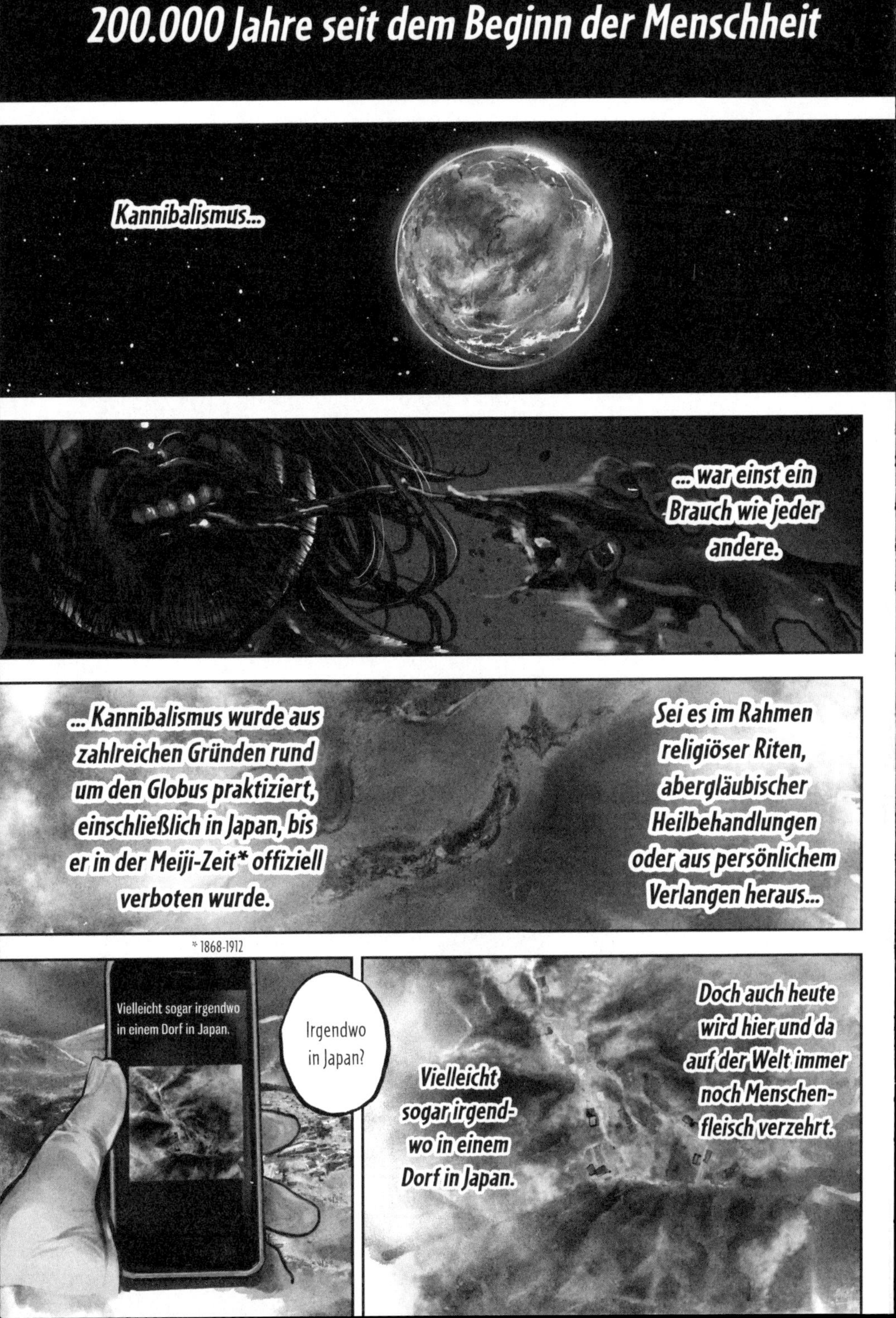

Kannibalismus...

... war einst ein Brauch wie jeder andere.

... Kannibalismus wurde aus zahlreichen Gründen rund um den Globus praktiziert, einschließlich in Japan, bis er in der Meiji-Zeit* offiziell verboten wurde.

Sei es im Rahmen religiöser Riten, abergläubischer Heilbehandlungen oder aus persönlichem Verlangen heraus...

* 1868-1912

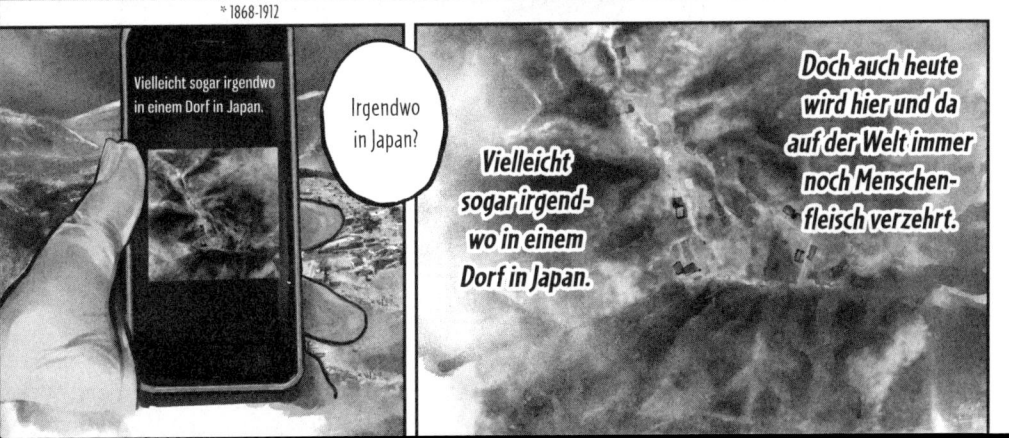

Vielleicht sogar irgendwo in einem Dorf in Japan.

Irgendwo in Japan?

Vielleicht sogar irgend- wo in einem Dorf in Japan.

Doch auch heute wird hier und da auf der Welt immer noch Menschen- fleisch verzehrt.

Kapitel 1

... hier in diesem Dorf?

Ah!

Haha,
als ob!

Und ich
bin kein
Fremder.

Lass mich
wenigstens
essen.

Da faulenzt
der Fremde
rum!

* Rastplatz

Schon
gut.

Entschuldigen
Sie meinen
kleinen
Bruder.

Ich bin euer
neuer Polizist
hier in Kuge...

Zumindest
hat der Ältere
etwas Anstand.

Na
dann...

Warum
entschul-
digst du
dich?!

... und damit
Teil eurer
schönen Dorf-
gemeinschaft.

Hff... Hff... Hff... Hah...

Ja...

Haben Sie sich schon etwas eingelebt?

Sieh an, guten Tag.

Es ist ja auch ein ganz wundervoller Ort.

Ich hoffe, hier alt und grau zu werden!

Das werde ich.

Die Menschen hier sind gute Leute. Seien Sie nett zu ihnen.

KLACK

Der erste Schnee des Jahres könnte in einigen Teilen der Region liegen bleiben. Bitte achten Sie auf Glatteis und...

In den Bergregionen der Präfektur B ist ab Nachmittag mit Schneefall zu rechnen.

Auf einmal ist es saukalt.

Heftig!

Brrr!

RATTER

Ah!

Heiß!

Auf dem Land ist's eben anders.

Da sitzt der hier einfach rum!

Aah...

KLACK

Wenn du nichts zu tun hast, Daigo, dann hilf mir dabei, die Umzugskartons auszuräumen.
Yuki...
Hör mal, wir sind seit einer Woche hier...
... und es ist noch immer nicht alles weggeräumt!
Immer wieder schön, deine großen Brüste.
Bitte?!

Ach, komm schon, hier passiert doch ohnehin nichts.

Ernsthaft?

Nicht in so 'nem verschlafenen Kaff.

Ich bin bei der Arbeit, auch wenn's nicht so aussieht.

Na, was sag ich!

Hockte im Wandschrank.

... und ich musste nach dem Kind der Tamuras suchen.

Erst gestern haben sich zwei Opas gestritten, davor gab's auch schon 'nen Streit...

Red keinen Quatsch! Klar passiert hier was!

Und außerdem...

Spiel das nicht so runter.

... ist es doch schön, wenn's so ruhig ist.

Das alles ist wichtig und gehört zu meinem Job.

Mir jedenfalls gefällt's in diesem Dorf.

Aber nicht dass du vor lauter Eintönigkeit genauso endest wie dein Vorgänger.

Ja, ist schon nett.

Erst trieb ihn die Langeweile so tief in die Spielsucht, dass er sich dafür sogar verschuldete, und dann verschwand er plötzlich.

Und hatte er nicht auch Probleme mit den Dorfbewohnern? Er soll komische Dinge gesagt haben.

... das.

Ach ja...

... würden Menschen...

Er meinte, die Leute aus dem Dorf...

TÜDELÜ

Ja, hallo?

Polizeiwache Kuge.

Oh!

Könnte das ein Fall sein?

TÜDELÜ

!

KLACK

Was ist los? Wer prügelt sich denn diesmal?

Ja...

Okay...

Ich bin gleich da.

Sie haben...

... offenbar eine Leiche entdeckt.

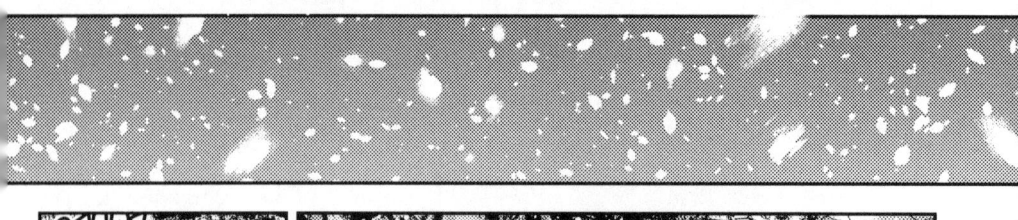

STAPF

STAPF

STAPF

Hier lang.

HAH

HAH

HAH

Ganz klare
Sache.

Das war
ein Bär.

Ja,
es geht
schon.

Alles
okay?

Ein Bär
muss sie
angefallen
haben.

Oma wollte
Wildgemüse pflücken
gehen, aber sie kam und
kam nicht zurück, also ist
der Junge losgelaufen,
um sie zu suchen.

ZITTER

Oma...

Tut echt
weh, sie so
zu sehen.

Was für 'n
Jammer. Dabei
war sie noch
so rüstig.

ZITTER

Unser
Jagdverein
wird dich
rächen.

Hier,
sehen
Sie?

Der Abdruck
sieht aus, als wäre sie
von einem Menschen
und nicht von einem
Bären gebissen
worden.

Hm.

So was.

Hä?
Was
ist?

Vielleicht hat sie sich selbst gebissen.

Sie war schon etwas verwirrt.

...

Nein.

Man kann sich auf der Seite unmöglich selbst beißen.

... also so...

Wenn sie sich selbst gebissen hätte...

... wäre der Abdruck auf der Innenseite.

Nichts.

Na und? Was wollen Sie damit jetzt sagen, Wachtmeister?

Es kommt mir nur merkwürdig vor. Das ist alles.

...

Dann raus damit, verdammt! Was zum Teufel stört dich daran, hä?!

Willst du behaupten, jemand aus unserer Familie hätte Oma misshandelt?!

Der Junge hat recht!

Du hast sie doch nicht alle! Mama und Papa würden so was nie tun!

Niemand der Gotos würde Oma wehtun!

Was?

Das hat doch niemand behauptet.

Sie haben mich gefragt und ich hab bloß...

M...Moment mal, jetzt beruhigen wir uns alle mal.

TSCHACK

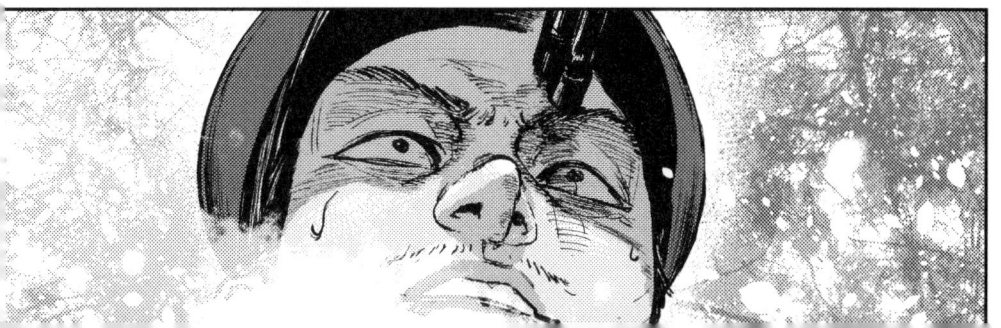

Ob du's mit Absicht machst oder nicht, ist mir scheißegal.

Wenn ich das Gefühl hab, dass du mich verarschst, blas ich dir das Hirn ausm Schädel.

... nimmst du besser mal die Hand von deiner Knarre.

Also, wenn du nicht auf der Stelle krepieren willst...

Hah ...

Hah...

Bitte verzeihen Sie mir.

Schon gut, es tut mir leid.

GRINS

FEIX

HAH

HAH

HAH

HAH

Was zum Teufel gibt's denn da zu lachen?

Ein Scherz?!

Glauben die echt, dass das als Scherz durchgeht?!

Mit dir kann man reden, anders als mit deinem Vorgänger.

Aber du gefällst mir.

Nächstes Mal nehm ich Sie dafür fest. Passen Sie besser auf.

Okay, aber das war gerade eine Morddrohung.

Du genauso.

Schön aufpassen, okay?

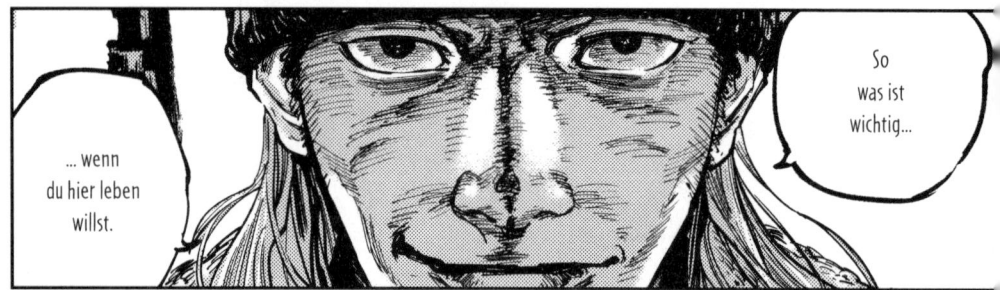

Sie meinen den Polizisten...
... der verschwunden ist?
Er soll sich mit den Dorfbewohnern gestritten haben.
Ist zwischen Ihnen und ihm auch etwas vorgefallen?
Nichts, was der Rede wert wäre.
Was ich dir sagen kann, ist...
... dass wir bloß 'ne gute Beziehung aufbauen wollen.
Wär sicher für uns alle zum Vorteil.
Meinste nicht auch...
... Wachtmeister?

Du gehst schon wieder was trinken?!

Was?!

Ist vermutlich besser so.

Dann bleib hier.

Aber eines sag ich dir gleich, ich geh sicher nicht mit!

Das ist nicht dein Ernst!

Du weißt doch ganz genau, dass Mashiro sofort stiften geht, wenn nicht einer von uns ein Auge auf sie hat.

So geht das schon die ganze Zeit, seit wir hier angekommen sind. Und wann hilfst du mir mal beim Auspacken?

Wichtiger als deine Familie?!

Genau das hasse ich so an diesem Provinzleben.

Ja, ich weiß. Aber es ist nun mal ein kleines Dorf.

Da sind gute Nachbarschafts-beziehungen wichtig.

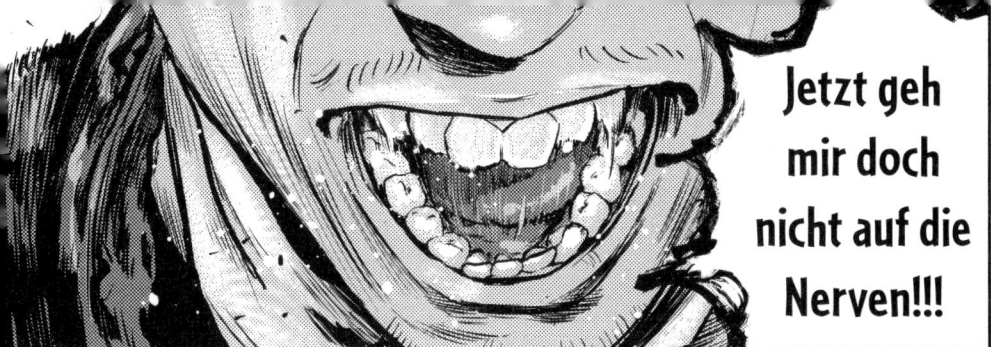

Jetzt geh mir doch nicht auf die Nerven!!!

Was ist los mit dir?

Hä?

Bitte was?

Also find dich damit ab.

Wir haben uns entschieden, hier zu leben.

Du gehst mir auf die Nerven, du Volltrottel!

* Hatchan

Komm
schon.

Da
bist ja du
endlich.

Steh da
nicht rum.
Setz dich.

... Ach, ihr kam was dazwischen. Wo hast du Frau und Kind gelassen?

Gut, dass ich sie nicht mitgebracht hab.

Haha...

Ein Bier, bitte.

Vor allem auf deine Frau. Hat echt hübsche Titten.

Verdammt, und ich hab mich schon gefreut.

Sie hat ein Klassentreffen und ist mit unserer Tochter zu ihren Eltern gefahren.

Lüg uns nicht an.

... habe nicht gelogen.

Hä? Ich...

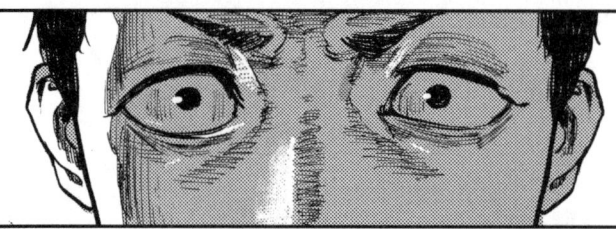

Deine Frau und deine Tochter sitzen daheim.

Spar dir die billigen Märchen.

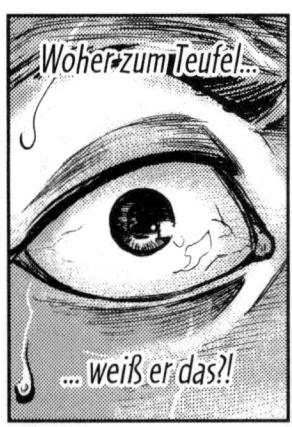

Woher zum Teufel...

... weiß er das?!

Was?

In unserem Dorf entgeht niemandem, was ihr wann und wo treibt.

Unterschätz das niemals.

Kuge ist klein...

Hier sollen wir leben?

Ob wir das durchstehen?

Also trink.

Na los.

Du bist im Rückstand.

Nicht zu fassen!

Ich glaub, ich spinne!

Was bildet sich der Mistkerl ein?

Wieso muss ich mich bitte von ihm anschreien lassen, verdammt noch mal?

Ist doch wirklich nicht zu glauben, oder, Mashiro?

Mashiro?

Dreckskiste, blöde!

Ich hab so 'nen Hals!

Ehrlich ...

Hm?!

Und wieso gehst du nicht ab?!

Mashi...

Mashiro!

Hey, wo steckst du denn?

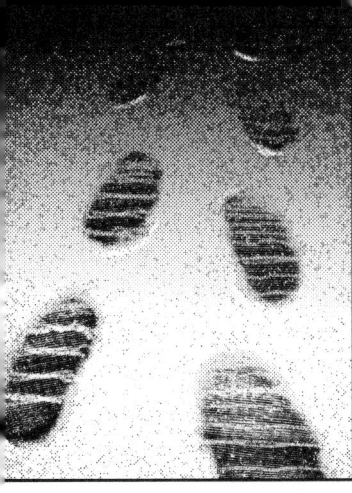

Das ist zu viel für mich.

Bitte nicht...

Haaach...

... ist einfach so verschwunden.

Hm, der vorige Polizist...

...

Und er hat auch hier gewohnt.

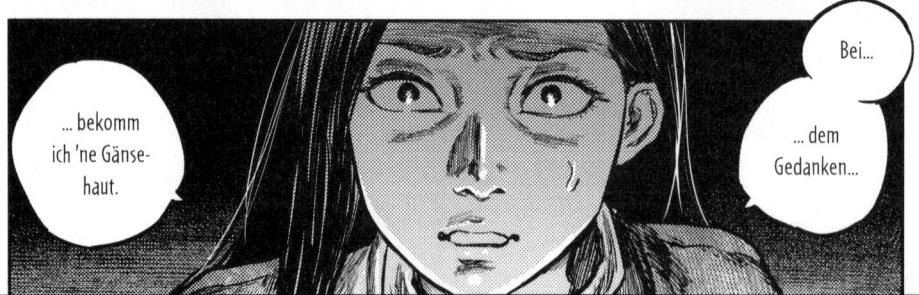

... bekomm ich 'ne Gänsehaut.

Bei...

... dem Gedanken...

Was ist das denn?

Da steht irgendwas.

»La...«

Hm?

FFRT

Gefällt mir nicht.

Aber was soll's. Ich muss Mashiro finden.

*) Lauf weg

Hahahaha!

Haha! Unglaublich, oder?

Du auch! Bist echt witzig für 'nen Stadtburschen!

Mann, du bist ja echt 'n klasse Typ, wenn man dich mal besser kennenlernt!

… die Geschichte, dass die Leute aus Kuge…

TSCHRT

TSCHRT

TSCHRT

TSCHRT

TSCHRT

FWOOO

ZUCKK

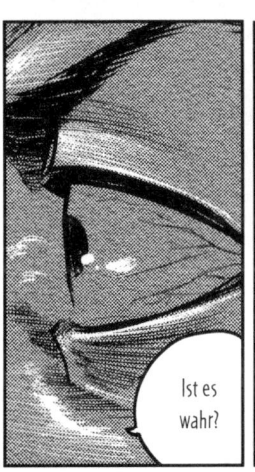

Ist es
wahr?

...

Okay, ab
ins Bett
für heute!

Wenn wir
heute zu lange
saufen, gehen
wir morgen
noch drauf!

Der
Spinner
hatte sie
nicht alle!

Ach was,
völliger Quatsch!

BWAMM

Klar, hätte
ich mir den-
ken können!

Was soll das heißen?

?

Hast du's etwa schon vergessen?

Morgen gehen wir auf die Jagd!

Wir werden ihn zur Strecke bringen.

Nach dem Bären, der Oma angefallen hat.

Aber ich meine, wir kriegen Verstärkung von der Polizei und der Jagdverein hilft auch mit. Dann wird schon alles gut gehen!

Tja, so ein Bär ist ziemlich gefährlich.

...

Ach ja.

Und mit Futter...

... mein ich dich.

Unterschätz mal Bären nicht.

Um die Jahreszeit sind die Viecher nämlich auf der Jagd nach Futter, um sich für den Winterschlaf vollzufressen.

Er wird es wieder tun. Wir sind nicht mehr als Beute für ihn.

Ein Bär, der einmal einen Menschen gerissen hat, hat keine Angst mehr vor ihnen.

...

Deshalb könnten wir draufgehen.

Ich`sollte mich wohl wirklich besser in Acht nehmen.

Also, nimm dich in Acht, Wachtmeister.

Vor dem Bären...

Kapitel 2

... und
vor euch.

RATTER

Hrks! Mist, hab echt zu viel gesoffen.

KLACK

KLACK

KAKLACK

PUUUH...

Wieso zum Teufel sitzt du hier mitten in der Nacht im Dunkeln rum?

Wah! Hast du mich erschreckt!

Hä?

Guck dir das an.

Was hast du?

Ist was passiert?

...

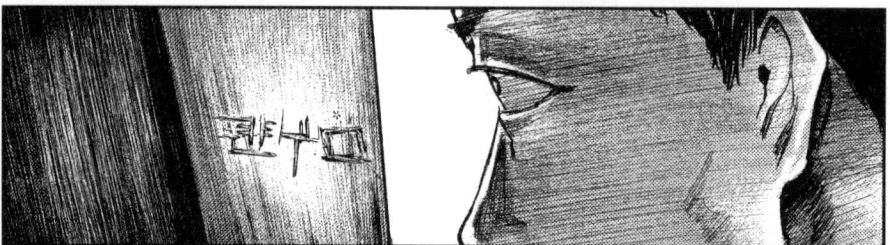

*) Lauf weg

...

Von dem...

... der verschwunden ist.

Keine Ahnung, aber sieht nach einer Nachricht von deinem Vorgänger aus.

Was soll das denn heißen?

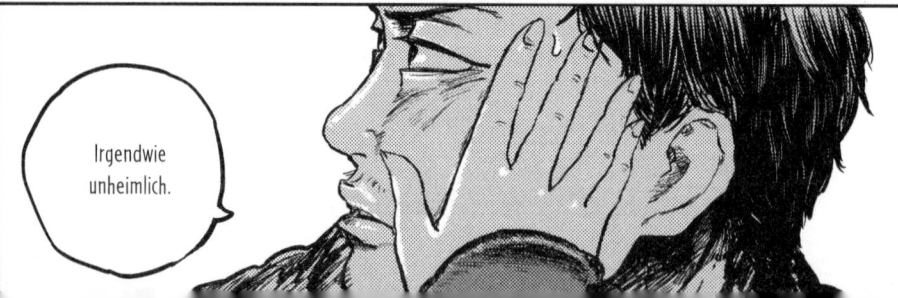

Irgendwie unheimlich.

Ich finde...

... das ist mehr als nur unheimlich.

...

Was?!

Ich hab es entdeckt, kurz nachdem Mashiro verschwunden war...

Mashiro ist verschwunden?!

Ich hatte für einen Moment richtig Angst.

Mashiro!

Daigo!

Bleib hier!

Hä?

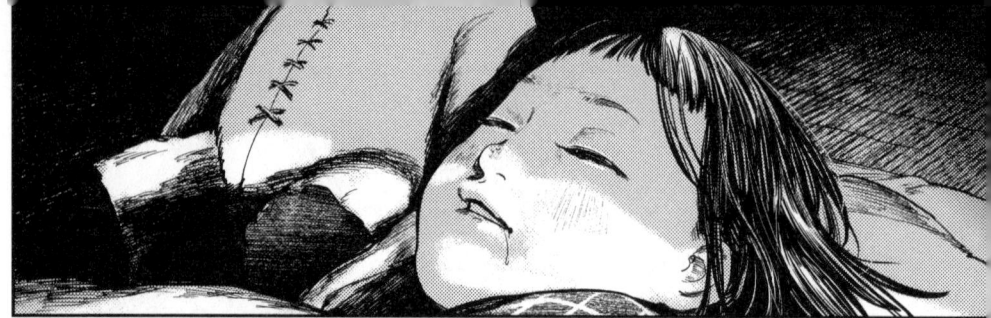

Durch die Spuren im Schnee hab ich sie schnell gefunden.

Ein Glück...

... hör auf auszubü- xen.

Bitte, Mashiro ...

Und du hast deinen Abend genossen, ohne ans Handy zu gehen.

Tut mir leid.

Weißt du, was ich für 'ne Angst hatte so allein?

Hm?

Ist das Blut?

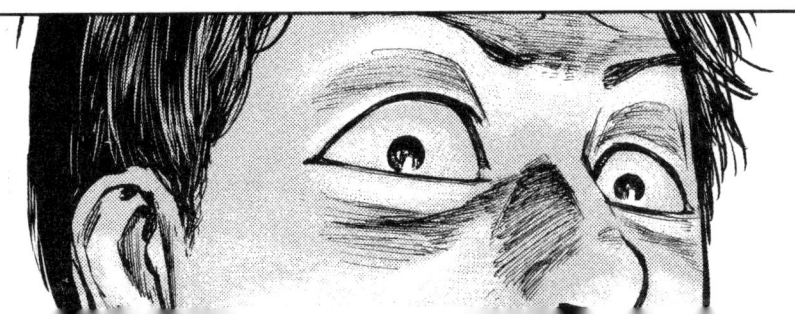

Gesegnet mit ausgezeichnetem Wetter...

Als Kuges Dorfvorsteher...

... kommen wir heute hier zusammen, um uns, wie bei jeder Krise seit Anbeginn unseres Dorfes, vereint der Gefahr zu stellen!

... möchte ich Ihnen allen herzlichst meinen Dank aussprechen!

... wollen wir dennoch geschlossen und geeint der guten Frau Goto gedenken und der Bestie, die sie ermordet hat, den Garaus machen!

Auch wenn einige unter uns bedauerlicherweise nach Alkohol riechen...

Wie lang will der noch labern?

Meine Fresse...

Da nach dem Schneefall gestern Abend immer noch etwas Schnee liegt, bitte ich Sie, vorsichtig zu sein, und...

Ist doch nichts Neues bei deinem Alten.

Halt! Wo willst du hin?!

Mir reicht's. Gehen wir.

Hä? Wa...

Wirst du wohl hierbleiben!

Ihr sollt doch gemeinsam mit den anderen des Jagd-vereins über die Südseite raufgehen!

Halte dich an den Plan!

Sie haben ja auch eine Fahne.

...

Was riech ich da?!

Herr Vorsteher, ich werde ihnen folgen und ein Auge auf sie haben.

Dieser Trottel von Sohn...

Tut mir leid.

Yosuke...

... lahmar-
schig wie
immer.

Tut
mir...

Haah! ...
leid...

Fassen
Sie mich
nicht an!

Hey,
geht's?

Das pack ich doch
mit links! 'n Fremder
wie Sie sollte nicht
überall seine Nase
reinstecken.

HFF

HFF

HFF

HFF

...

Auf
geht's!

Was hast du
denn für 'n
Problem?

Und was ist mir dir?

Sorry. Es gab gestern noch ein Problem, als ich heimkam. Hab kaum ein Auge zugekriegt.

Machen wir 'ne Pause.

Du verdammte Flasche.

Das sind die Treiber.

Was sollen eigentlich diese Hollero-Rufe die ganze Zeit?

HOLLEROOO

HOLLEROOO

Erbärmliche Ausrede.

HOLLEROOO

Und wir Schützen legen uns oben auf die Lauer und bringen sie zur Strecke.

Sie scheuchen damit unsere Beute höher den Berg in Richtung Kamm rauf.

...

Aber Fremde haben sich hier nicht einzumischen.

Und die Trillerpfeifen, das sind die zusätzlichen Polizisten.

... regeln wir unter uns.

Probleme im Dorf...

Hab zwar gestern Abend festgestellt, dass du kein übler Kerl bist...

Du wirst dich auch raushalten.

... aber noch betrachten wir dich nicht als einen von uns.

Alles, was hier rumläuft, ist Beute für uns.

Der Berg ist unser Revier.

Keisuke, ich hab Bärenspuren entdeckt.

Kot liegt hier auch rum. Er ist noch warm.

Den Spuren nach ist er in eure Richtung unterwegs.

Sie sind riesig.

Mindestens 25 cm.

Übrigens ...

... im Kot...

Großartig! Gute Arbeit!

Sonst hat ihn noch niemand entdeckt. Wir werden ihn als Erste finden!

... stecken Menschenhaare.

Okay, alles klar!

Zahlen wir's ihm heim!

Du folgst den Fußspuren!

Das ist eindeutig das Vieh, das Oma erwischt hat!

Ich mach mich von hier aus allein auf die Suche! Keiner folgt mir, klar?

Iwao, du läufst hoch zum Bergkamm und wartest dort!

Yosuke und du bleibt bei Iwao!

Hey! Und was sollen wir machen?!

O...

Okay.

Gehen wir.

FWSCH

Wie kann ein Typ, der fast zwei Meter groß ist, bloß so flink sein?!

Hat der 'nen Zahn drauf! Ob wir mithalten können, ist ihm völlig schnurz.

Shit!

...bei dem Tempo hängt er mich echt noch ab.

Verdammt...

KRTT

Nee, oder?

...

Das dämliche Funkgerät ist natürlich im Arsch!

Na toll!

PWACK PWACK

Scheiße!

Ich hab sie komplett aus den Augen verloren.

Anrufliste

Nakamura, Gerichtsmed.
Anruf

Yuki
Anruf

398
yo

Wen ruf ich jetzt an?

Und mein Handy?

Oh, läuft und hat Netz!

Ich bin zunächst davon ausgegangen, dass der Finger von Frau Goto stammt, die gestern tot aufgefunden wurde.

Doch das ist nicht der Fall.

Der Finger...

... gehört jemand anders.

Bitte lassen Sie es mich wissen, sobald Sie Weiteres herausfinden.

Ich verstehe.

* Lauf weg

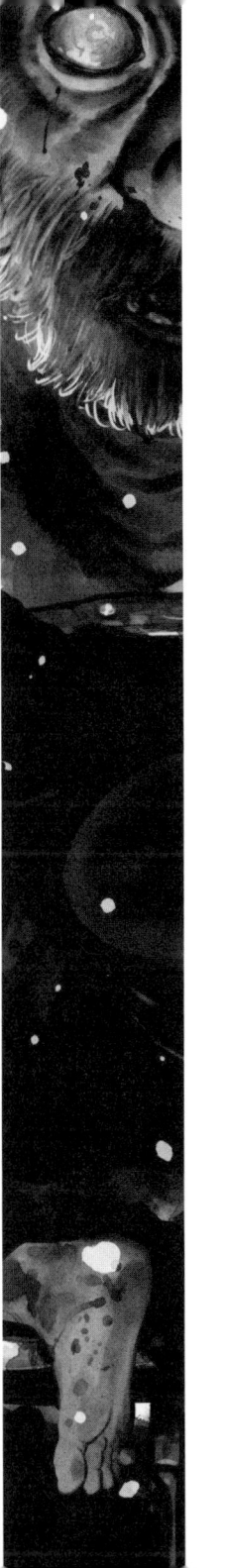

GANNIBAL

Kapitel 3

Nicht schießen! Beruhig dich!

Halt!

Keisukes Bruder?! Aber wieso schießt der auf mich?

Ich weiß nicht, warum du das tust...

... aber bitte nimm das Gewehr runter!

Was zum Teufel soll der Mist?!

Nimm die Waffe runter!

Bleiben Sie doch hier!

Lassen Sie mich nicht allein!

...

Was!

SCHNIFF

TSCHIRP
TSCHIRP
TSCHIRP

PI PIEP
FLAPP
FLAPP

Also...

... hast du uns verloren, bist herumgeirrt, bis du mich entdeckt hast...

... und hast einen Schuss abgefeuert, einfach weil du auf dich aufmerksam machen wolltest und nicht weil du mich erschießen wolltest.

Ich hatte eben Angst...

... so ganz allein.

Diese Brüder haben echt 'ne komische Vorstellung davon, was okay ist.

Ernsthaft?

Soll das ein Scherz sein? Was, wenn du mich getroffen hättest?! Hast du mal daran gedacht?

Ähm, nein...

... das wär niemals passiert.

Spinnst du? Klar hätte das sein können!

Ich bin ein
echt guter Schütze.
Ich verfehle nie
ein Ziel.

Hab
den Kopf
erwischt.

Sehen
Sie?

Ein »guter
Schütze«?! Das ist die
Untertreibung des
Jahrhunderts!

So ein
Kunststück kriegt
nicht mal jemand von
der Spezialeinheit
hin!

Er hat ohne
Zielfernrohr einem
Singvogel den Kopf
weggeschossen, kaum
dass er das Gewehr
im Anschlag hatte.

Ich
fass es
nicht...

Und so 'ne
Rotznase soll
das schaffen?

Aber...

... das ist hier jetzt nicht das Thema!

Das nehme ich.

Na und?

Hey, was soll der Mist?

Ich werde dich der Zentrale melden und dafür sorgen, dass dir der Waffenschein entzogen wird.

Haben Sie vergessen, dass mein Vater der Dorfvorsteher ist?!

Ich muss es tun!

Mann, seien Sie nicht so! Ich muss doch Oma rächen!

Tja, sorry, aber das überlässt du jetzt den anderen.

Nein!

In so 'nem winzigen Dorf wie unserem...

... sind wir alle eine große Familie! **Wir sind sogar mehr als Familie!**

Sie...

Sie haben keine Ahnung, was wir Oma zu verdanken haben!

Wie wir hier unser Leben leben!

... kann das nicht verstehen.

...

'n Fremder wie Sie...

Is' nicht wahr...

Geben Sie mir das Gewehr.

Ist eben ein Kragenbär und kein Braunbär.

Aber er ist groß genug.

Aber irgend- wie...

... hab ich mir den größer vorgestellt.

Bei der Größe sollten wir doch leicht mit ihm fertig werden, oder?

Damit steht's fest.

Ihm fehlt ein Ohr, genau wie die Augenzeugen gesagt haben.

Das ist das Drecksvieh, das Oma getötet hat.

Nein, Moment mal.

Was ist das bloß für eine Verbindung zwischen diesen Menschen?

Kaum zu glauben, dass er vorhin noch geflennt hat. Er wirkt wie ausgewechselt.

... hat er nicht nur Frau Goto...

Aber wenn das der Bär ist...

... das die beiden umgebracht hat?

War es überhaupt das Tier...

Hm?

Oh...

Oh!

Ho?!

GHAPP
GRARR
GAH
AAH
AH
Geben Sie mir das Gewehr! Schnell!
Oder soll ich etwa auch draufgehen?!
TSCHAK
Und ich hab auch...
Was zur Hölle heißt, du auch?!
Noch bin ich nicht tot!

Wir kommen zu euch.

Alles klar.

Sehr gut.

Yosuke...

... hat dich gerächt.

...

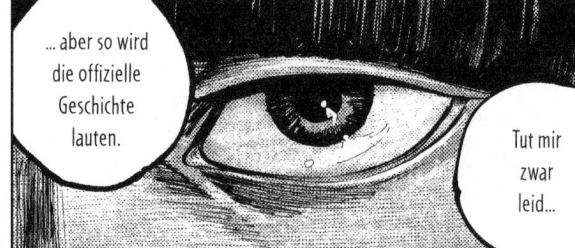

... aber so wird die offizielle Geschichte lauten.

Tut mir zwar leid...

Es ist zum Wohl des Dorfs.

Das versteht du doch sicher, Oma.

Geben Sie mir das Gewehr zurück.

Ich weiß zwar jetzt, was du drauf-hast, nachdem du einem flüchtenden Bären punktgenau das Herz durchschossen hast.

Vergis es.

Aber das heißt noch lange nicht, dass ich dich schießwütigen Bengel einfach so damit rumlaufen lasse.

Echt fies.

Kapitel 4

Hast du gut gemacht.

Danke.

Zeig mal die Wunde.

Auaaaah!

Du auch.

Jetzt bist du wohl kein Fremder mehr.

KLATSCH

...

Was soll das denn heißen?

KRIITSCH

BLPP

BLPP

KRIITSCH

SRRITSCH

SRRITSCH

Ach was, reicht doch, wenn du da bist.

Aber...

Ihr zerlegt ihn hier? Dann muss ich erst die Spurensicherung kommen lassen.

Hat wohl keinen Sinn, sie aufzuhalten.

... das Vieh da war, das Oma totgebissen hat.

Wir wollen jetzt sofort wissen, ob es wirklich...

Du bist dran. Die Beute zerlegt immer der, der sie erlegt hat.

Mach hinne, verdammt noch mal!

... Blut ist nicht so meins...

Und, na ja...

Aber...

... ich hab das doch noch nie gemacht.

ZITTER

ZITTER

ZITTER

Ah!

Okay, okay!

FWACK

Oder muss ich erst sauer werden?!

Wenn's unbedingt sein muss.

Ich mach ja schon.

Pass auf die Organe auf.

Hah!

Hah!
Aaah...

LOKR

RRTSCH

TSCHO

NK

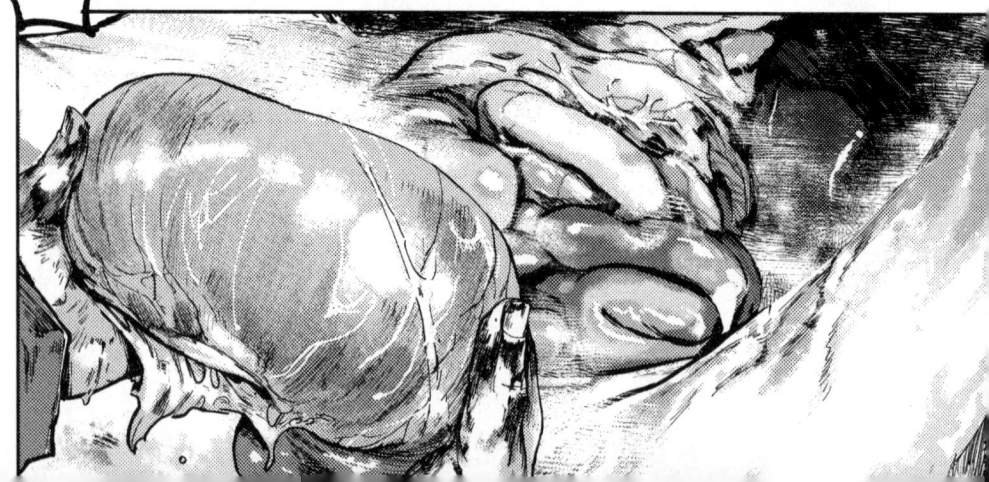

Das beweist, dass er jemanden gefressen hat.

Tut mir leid, aber ich muss ein Foto machen.

...

Zumindest **eine** Person.

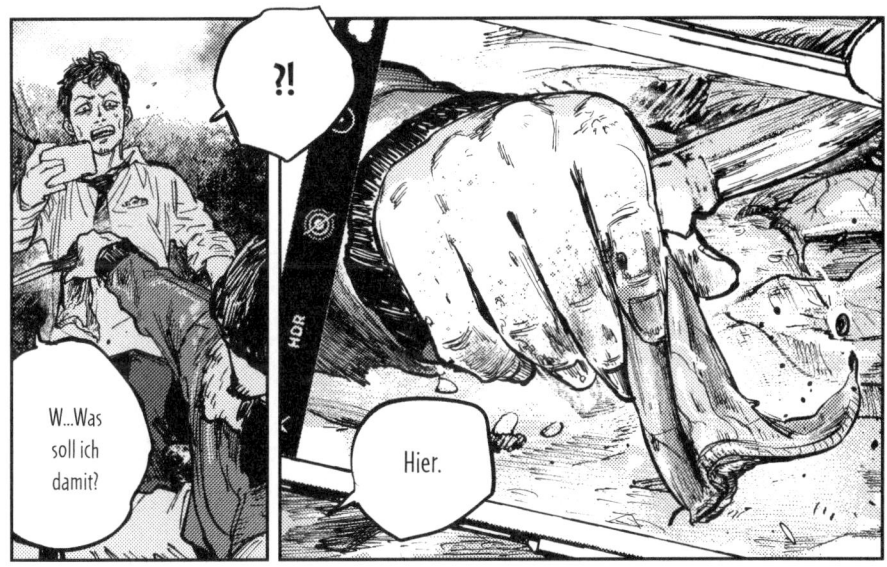

?!

W...Was soll ich damit?

Hier.

Essen natürlich.

Frag nicht so blöd.

Der Bär hat eure Groß-mutter...

Essen?! Das ist nicht dein Ernst!

Genau deshalb tun wir es.

Indem wir ihn essen, wird Oma zu unserem Fleisch und Blut...

... und lebt in uns weiter.

Also...

Auf 'ne bessere Art und Weise...

... sag jetzt bloß nicht, dass du nicht mitisst!

... könnten wir sie gar nicht ehren!

In dem Moment gingen mir plötzlich die Worte meines Vorgängers durch den Kopf, der durchgedreht und spurlos verschwunden war.

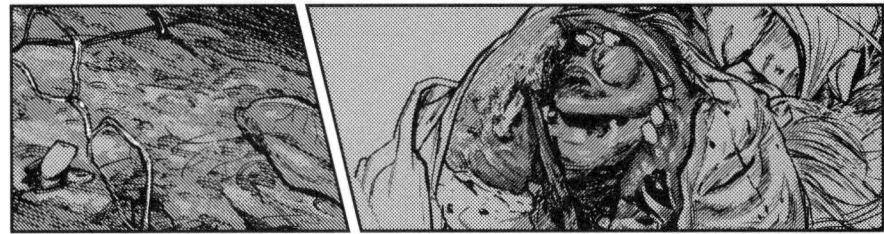

... fressen Menschen.

Die Leute aus diesem Dorf...

Hrk!

... aber was du eben gesagt hast, geht vom Prinzip her schon in die Richtung.

...

Keisuke, du hast es zwar bestritten...

Könnte an der Geschichte vielleicht wirklich etwas dran sein?

Brr!

Ist das kalt.

Danke. Entschuldigen Sie die späte Störung.

Machen Sie's gut.

WRMM

... als ich erzählt bekam, dass du von einem Bären ange-griffen wurdest.

Ich hab gedacht, ich hör nicht richtig...

Danke, dass du mich abholen kommst.

Was hast du denn, Mashiro?

Hast du dir Sorgen um mich gemacht?

Hm?

... natürlich hast du das.

Ach...

Ich wollte dich nicht beunruhigen.

Entschuldige, Mashiro.

...

Tja...

... wenn ich ehrlich bin, hab ich keine Ahnung, was in ihr vorgeht.

Ich bin ihre Mutter und weiß nicht, wie ich ihr helfen soll.

Wie war sie den Tag über so drauf?

Wieso fragst du?

Hm, wie immer, würde ich sagen.

... ich dachte nur, in der neuen Umgebung und so...

Ach...

Mashiro...

... hat schließlich seit der Sache kein Wort mehr gesprochen.

Das ist alles meine Schuld.

Es tut mir leid

Weißt du...

Was?

... ich hab heute dem Tod ins Auge gesehen.

Wir haben doch gesagt, dass wir nicht mehr drüber sprechen!

Nein, das sollte kein Vorwurf sein!

... sah ich plötzlich eure Gesichter vor mir...

Als mich der Bär gebissen und herumgeschleu-dert hat...

... und dachte nur, dass ich nicht sterben darf.

... wurde mir klar, dass ich auf keinen Fall sterben will.

Als ihr dann wirklich vor mir gestanden habt...

... je...

Wieso heul ich denn...

Ah!

Oh Mann, wie peinlich.

GWAPP

Aber keine
Sorge.

Das
war sicher
furchtbar.

...

Alles ist
gut. Es ist
vorbei.

... meinst
du, Mashiro wird
irgendwann wieder
sprechen?

Yuki...

Aber
ja.

Mann,
ich bin echt
froh...

Hm?

Da bin
ich mir
sicher.

Und meinst
du, sie wird mir
verzeihen, wenn
sie wieder die
Alte ist?

Blödmann.

... 'ne Frau mit diesen Brüsten geheiratet zu haben.

Oh...

... das muss er wohl sein.

Der neue...

... Dorfpolizist.

Kapitel 5

Die Leute aus dem Dorf sollen also Menschen fressen...

... hm?

... Osamu Kano, vor seinem Verschwinden hinterließ.

So lautete die Nachricht, die der vorherige Polizist...

... eines psychisch labilen Mannes ab, aber...

Ich tat es damals als Gerede...

Haha!

Zum ersten Mal hörte ich davon, als meine Versetzung nach Kuge bereits feststand.

Dann pass mal auf, dass sie dich nicht anknabbern.

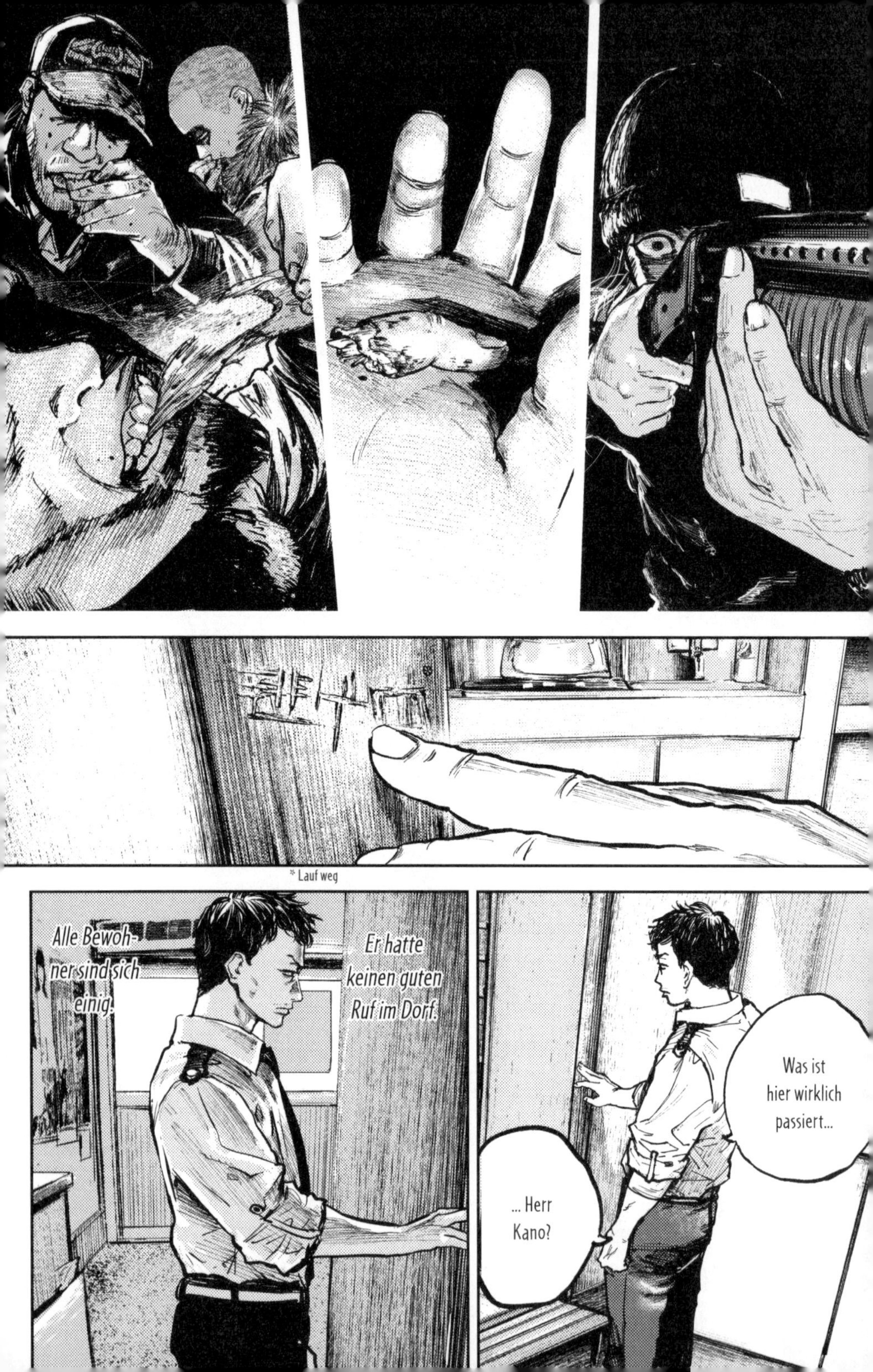

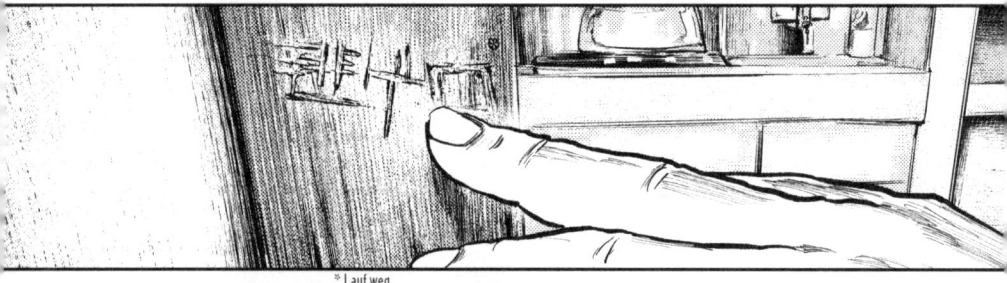

* Lauf weg

Alle Bewohner sind sich einig.

Er hatte keinen guten Ruf im Dorf.

Was ist hier wirklich passiert...

... Herr Kano?

»Kano war nicht bei Verstand. Bitte erwähnen Sie seinen Namen nicht.«

Es gibt nur eine, die mir weiterhelfen kann.

Aus den Leuten hier werde ich wohl kaum die Wahrheit rauskriegen.

Wie war er wirklich? Was war los mit ihm?

Kanos Tochter...

... Sumire.

Aber irgendwie erreiche ich sie nicht.

Vielleicht weiß sie mehr.

Hahaha...

...

Was brabbelst
du denn da vor
dich hin?

Ist doch
noch etwas
Zeit, oder?

RSCHZ

RSCHZ

Was willst
du hier?

Keisuke?

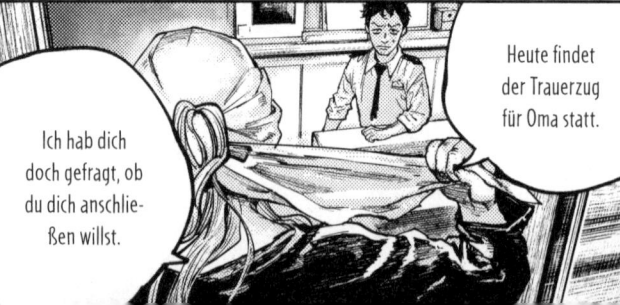

Ich hab dich
doch gefragt, ob
du dich anschlie-
ßen willst.

Heute findet
der Trauerzug
für Oma statt.

... und setz
das hier auf.

Hör auf
rumzueiern...

... schön
euch kennen-
zulernen.

Hallo...

* Dorfgrundschule Kuge

Alle haben
sich schon sehr auf
Mashiro gefreut.

Aber nicht
doch, ich
bitte Sie.

Nochmals
vielen
Dank, Herr
Rektor...

... dass Sie
meine Tochter
an Ihrer Schule
aufnehmen.

Oder,
Kinder?

Willkommen an unserer Schule!

Cool, dich bei uns zu haben!

Hier, Mashiro, das ist für dich von uns allen!

Plauderheft

... hatten sie die Idee, ihr ein Heft zu schenken, damit sie sich mitteilen kann.

Als ich den Kindern erklärte, dass Mashiro nicht sprechen kann...

Ein »Plauderheft«?

Ein Trauer-zug...

Was findet da...

... für Frau Goto.

... für eine Zeremonie statt?

In Kuge bedecken die Teilnehmer dabei ihr Gesicht mit einem Tuch.

Das ist ein alter Brauch, der hier in der Gegend immer noch gepflegt wird.

KLACK

Aber es
darf nun mal
niemand ihre
Gesichter sehen.

Jemandem von
außerhalb mag
das seltsam
vorkommen.

Sag Tschüss
zu deiner Mama,
Mashiro.

... gehen wir
rein. Es wird
Zeit für den
Unterricht.

Gut...

Auf
keinen
Fall.

Das darf nicht wahr sein.

Ach, du Scheiße!

Hey...

... Wacht-meister.

KNACK

...

... und Keisuke hat mich auch noch ge-warnt, bloß keinen Mist zu bauen.

Der Trauerzug ist wichtig für das Dorf...

... reißen die mir glatt den Kopf ab.

So sehr, wie die ihre Großmutter vergöttern...

Hng!

... du Pappenhei-mer.

Schnell, zieh das hier über...

Hä?

Was guckst du so? Bist du so überrascht, dass ich nicht ausflippe?

NICK

NICK

Dann droh mir nicht ständig.

Außerdem haben wir alle schon bei der Totenwache Abschied genommen.

Über kleinere Ausrutscher kann ich schon hinwegsehen.

Wegen jeder Lappalie reg ich mich auch nicht auf.

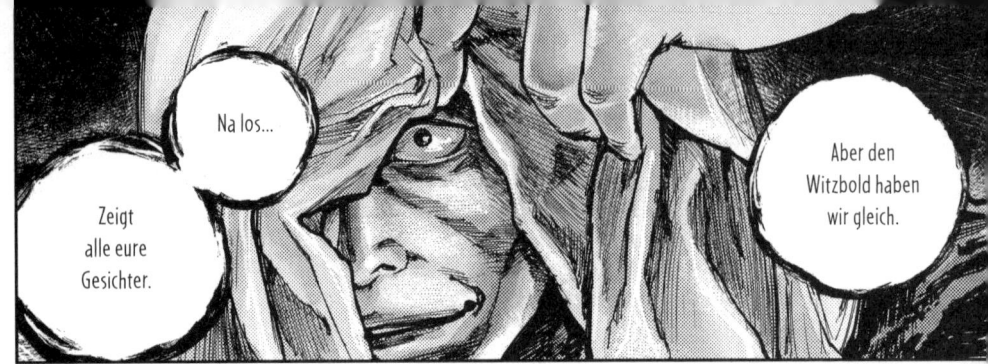

Na los...

Zeigt
alle eure
Gesichter.

Aber den
Witzbold haben
wir gleich.

Ich glaub, dir
muss man wohl
'n paar Manieren
einbläuen.

Mit dem Spaß
bist du zu weit
gegangen.

Da bist
du ja.

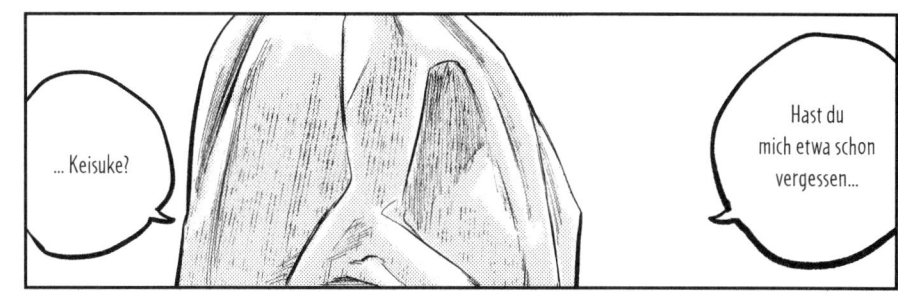

? ?

RAUN RAUN

...

Sumire?

Wieso bist du zurückgekommen...

... Sumire?

Das da...

... musst du wissen...

TSS

Komm schon, sag's ihm.

Die Tochter deines vermissten Vorgängers.

... ist Sumire Kano.

Sumire...

... Kano?

»Vermisst«?

Die Tochter von Osamu Kano?

Du weißt genau, dass das nicht stimmt.

Hä?!

Was soll denn der Mist?!

Spinnst du?!

... sollten Sie erst mal in den Bottich reinsehen.

Bevor Sie mich verurteilen...

Denn der ist leer.

... wenn die Dorfbewohner sie aufgegessen haben?

Wie sollte es auch eine Leiche geben...

Kapitel 6

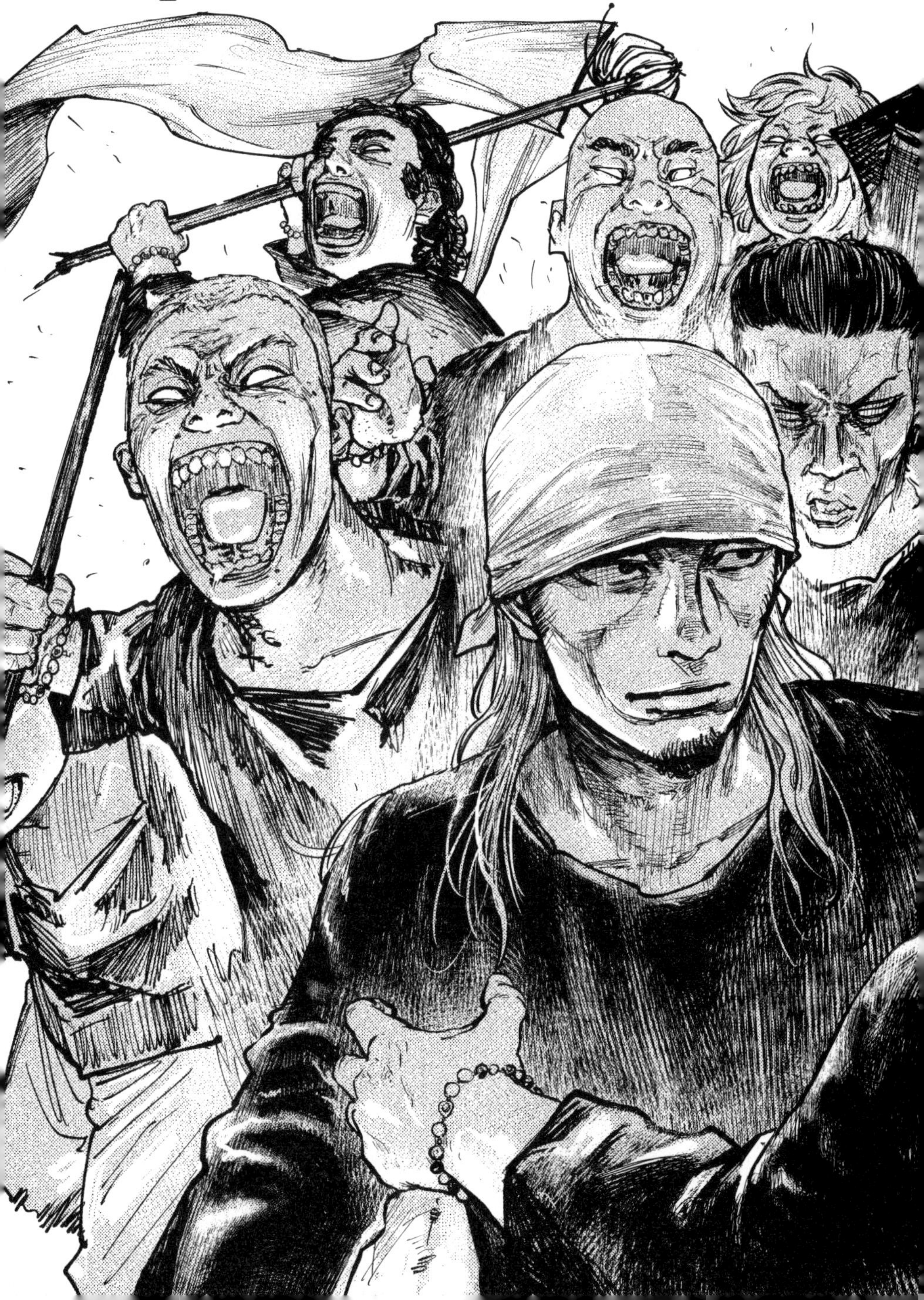

... dann lasst sie gehen!

Was?!

Wenn ihr auch nur einen Funken Respekt vor Oma habt...

Aber wenn wir das tun, dann war's das!

Ich will sie genauso gern tot sehen wie ihr!

HRG

GTSCH

Wenn du nicht aus dem Weg gehst, machen wir euch eben beide kalt!

Wir sollen uns die verdammte Beleidigung einfach gefallen lassen?!

Scheiße...

TÖTET SIE!

TROMP

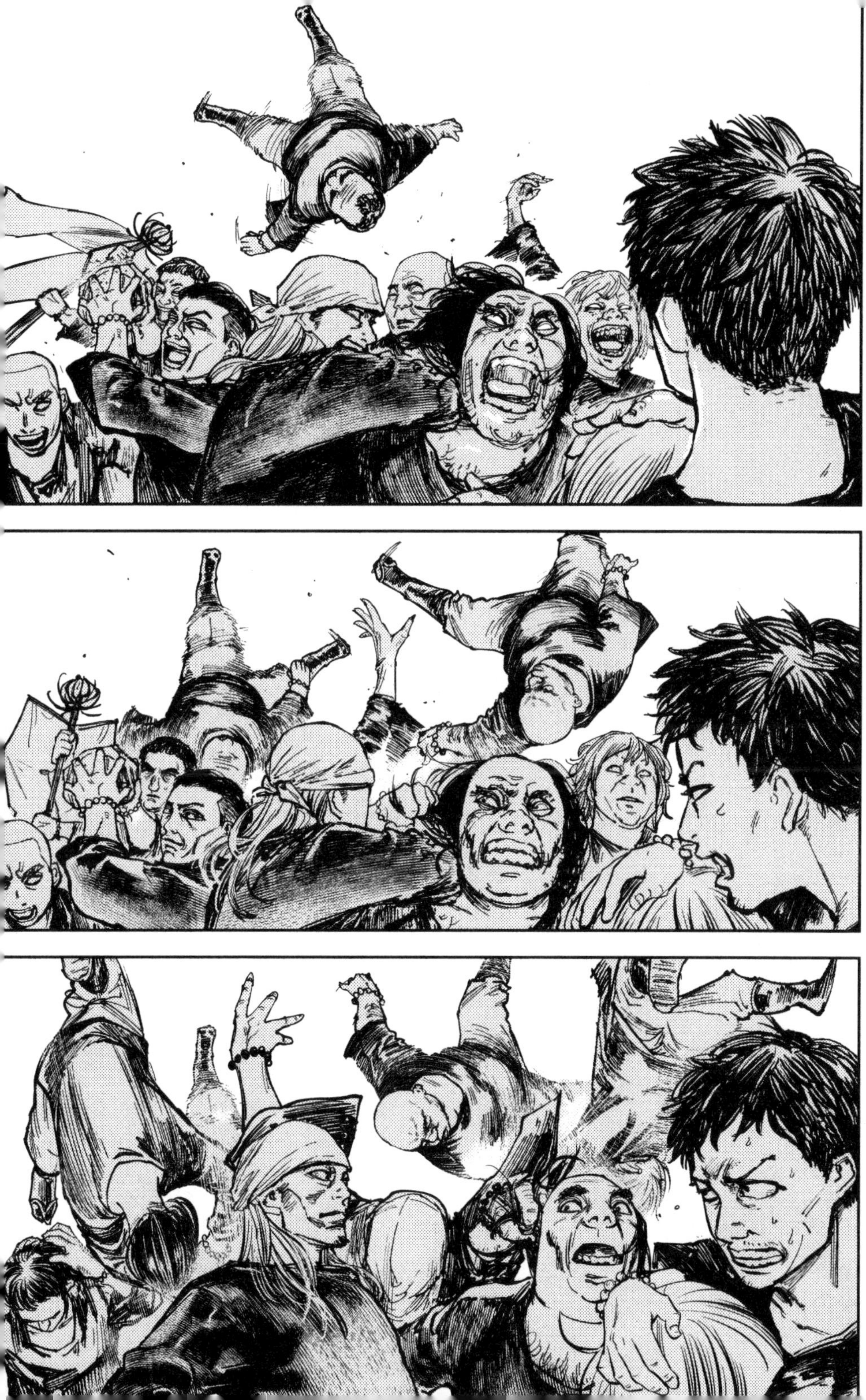

... ist das?

Wer zur Hölle...

Und wie der Kerl riecht...

... geben sie keinen Mucks mehr von sich.

Ein Wort von ihm, und plötzlich...

Was zum Teufel ist das für ein unmenschlicher Tiergestank?

Ah...
Ja!

Worauf
wartest du?!

Bring sie
weg von hier!
Schnell!

WRUOMM

Die werden dich bestimmt suchen, und wer weiß...

... was die mit dir anstellen, wenn sie dich finden!

Zur Zentrale. Dort bist du in Sicherheit.

Wo fahren wir hin?

Ist doch klar, dass sie ausrasten, wenn du den Bottich umtrittst!

Was hast du dir bloß dabei gedacht?

Er war nur...

... zum Schein da.

Er war leer.

Zugegeben, die Leiche von Frau Goto...

...

... die sie begraben wollten, war nicht da.

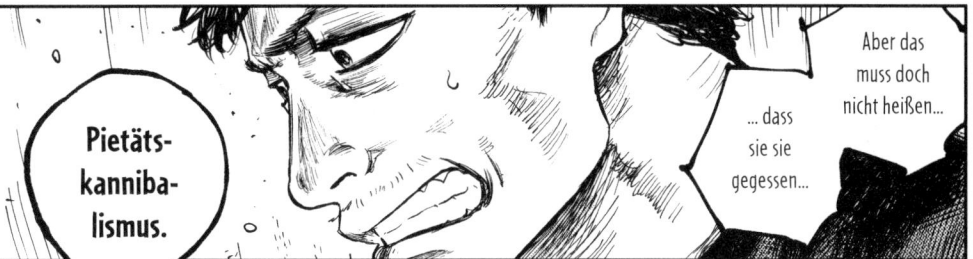

Aber das muss doch nicht heißen...

... dass sie sie gegessen...

Pietäts-kanniba-lismus.

Pie...

Was?

So nennt man das, wenn Menschen ihre verstorbenen Verwandten aus Liebe oder Respekt verspeisen.

Sie nehmen den Verstorbenen in sich auf, sodass dieser in ihnen weiterleben kann.

Die Bewohner
von Kuge gedenken
ihrer Toten...

... indem sie
ihre Leichen
essen!

* Auf Wiedersehen in Kuge

Sie denken
sicher, ich bilde mir
das nur ein.

Aber wissen Sie...
... das Volk der Fore auf Papua-Neuguinea beispielsweise hat noch bis in die 1950er-Jahre hinein...
... rituellen Kannibalismus praktiziert.
Und das ist kein Einzelfall!
Überall auf der Welt...
... auch hier in Japan...
... gibt es mehr Kannibalen, als Sie sich vorstellen können!
Mein Vater war nicht verrückt.
Diese Leute aus Kuge... sie essen Menschen.

Glaube ich.

Das erworbene Wissen habe ich angewandt, um meine eigene Theorie über dieses Dorf aufzustellen.

Seit dem Tod meines Vaters hab ich viel über Kannibalismus recherchiert.

...

Glaubst du?

Komm mir nicht mit »na und«!

Du wärst deswegen fast getötet worden!

Moment mal...

Na und?

Aber wer hätte gedacht, dass der Bottich echt leer wäre?

... du hast das vorher nicht überprüft?

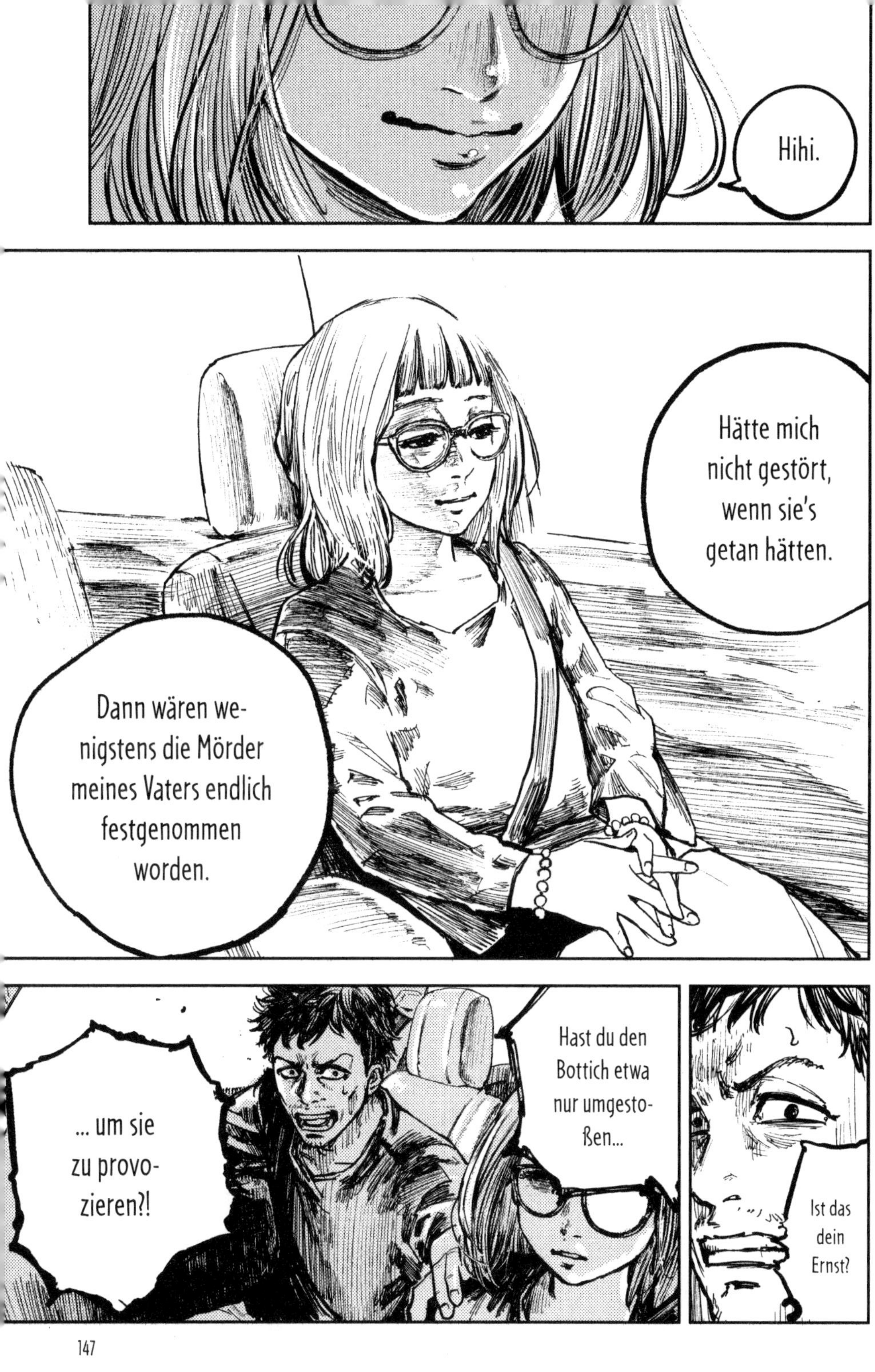

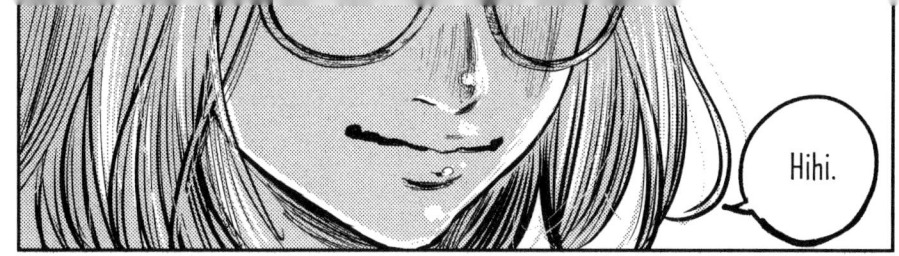

Hihi.

Hätte mich nicht gestört, wenn sie's getan hätten.

Dann wären wenigstens die Mörder meines Vaters endlich festgenommen worden.

... um sie zu provozieren?!

Hast du den Bottich etwa nur umgestoßen...

Ist das dein Ernst?

Die Polizei unternimmt ja nichts.

Was blieb mir denn...

... anderes übrig?

Ich...

... aber schon.

Du überlässt die Sache ab jetzt mir.

Und mach nie wieder so einen Mist.

Das musst du selber rausfinden.

Kann ich Ihnen wirklich vertrauen?

... was du weißt.

Also, erzähl mir alles...

...

...

Als ich...

... meinen Vater das letzte Mal sah...

Die Gotos...

Schon wieder die Gotos.

Unmittelbar nachdem er mit jemandem telefoniert hatte.

Ja...

Ihretwegen kam es auch zum Streit.

... wollte er sich gerade auf den Weg zu den Gotos machen.

Sie waren der Grund für all die Probleme.

Diese Familie verheimlicht irgendetwas.

... wie mein Vater... verschwinden.

... dann geben Sie acht, dass Sie nicht auch...

Sollten Sie nachforschen...

Dann also zu den Gotos...

...

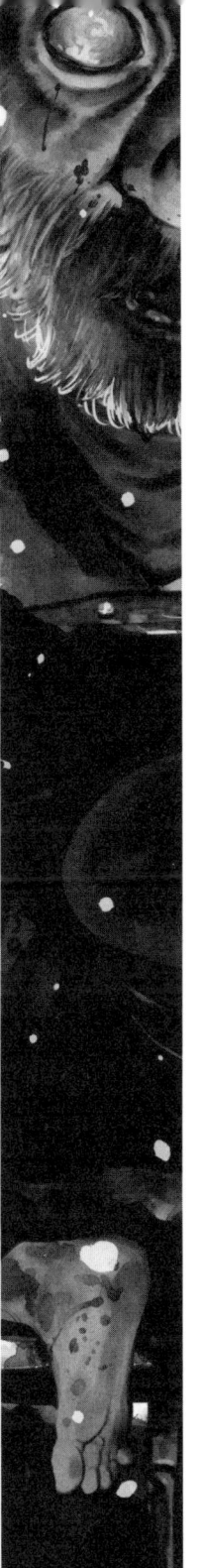

GANNIBAL

Es muss bestimmt schrecklich gewesen sein, als die Dorfbewohner auf Sie losgegangen sind.

Sie müssen nicht darüber reden, wenn Sie nicht wollen.

Oh...

... tut mir leid.

Ach...

Mir geht's gut.

* Polizeistation

Als ich ihn das letzte Mal gesehen hab, habe ich mich...

Ich musste nur an meinen Vater denken.

... das ist es nicht.

... gar nicht richtig von ihm verabschiedet.

* Privatbesitz! Betreten verboten!

コ゛KRR +ロ゛R

+ガ゛RR

Kapitel 7

KRNK

KRNK

KRNK

KRNK

KRNK

KRNK

Das Zuhause der Familie Goto.

Aber am Ende diese Straße liegt der Ort, an den Kano als Letztes gefahren ist.

Ich hab keine Ahnung...

... wo ich hier lang-fahre.

Dabei könnte mir hier genauso gut was zustoßen.

Ich bin komplett am Arsch der Welt. Ich hab weder Netz noch eine Funkverbindung.

Ich weiß nicht...

Soll ich besser umdrehen?

* Goto

Oh...

... Gräber der Gotos.

... da sind noch mehr.

Sieh an...

* Goto

Ich weiß ja, dass es viele Gotos hier gibt...

... aber das ist trotzdem ein eigenartiger Anblick.

Was zum...?!

Hm?

Huaaaah!

Ich glaube, ich fahr wohl doch lieber zurü...

Das ist unser Privatgrund.

Was soll das...

Stimmt ja.

Der gehört auch zu ihnen.

Der Typ, der immer mit Keisuke zusammen ist!

... Iwao Goto?

Der Baum
hätte mich
erschlagen
können!

Frag nicht
so blöd!

Was soll
was?

... vielleicht
sogar Absicht?

Oder war
das...

Schon
wieder die
Geschichte?

...

ZUCK

Danach
ist er ver-
schwunden.

Als Osam
Kano zule
gesehen wu
war er auf c
Weg zu eu

Ist da
vielleicht was
vorgefallen?

Hey! Alles in Ordnung?
Tut mir leid, wir haben Sie nicht gesehen!
WRIIII
Sind Sie auch nicht verletzt?
WRRRR
Dachtest du gerade wirklich...
... ich würde dich umbringen?
Ich hab vorhin von Keisuke gehört...
... dass Kanos Tocher wieder da sein soll.
KLONK
Ich weiß zwar nicht, was für einen Floh sie dir...
... ins Ohr gesetzt hat...
GWPP
FWO
SCHO

... Menschen!!!

I...Ihr fresst...

Sieht das nach jemandem aus, der noch ganz dicht ist?

Verfluchte Kannibalen!

Menschenfresser...

Menschenfresser seid ihr!

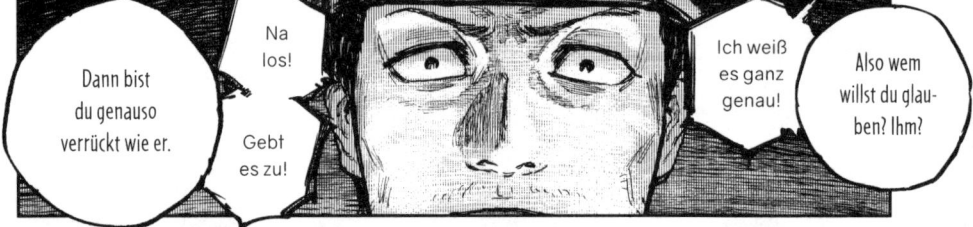

Dann bist du genauso verrückt wie er.

Na los!

Gebt es zu!

Ich weiß es ganz genau!

Also wem willst du glauben? Ihm?

ZUCK

Das Video war sehr aufschlussreich.

Ich werd es berücksichtigen.

... und verschwinde von unserem Grund und...

Tja, vielen Dank.

Lass die Sache gut sein...

Dann willst du weiter rumschnüffeln?

...

Wenn du meinst.

... aber ich hab es Kanos Tochter versprochen.

Sorry...

Kano wirkte tatsächlich nicht so, als wäre er bei Verstand.

In einem Punkt muss ich ihm recht geben.

»DIE LEUTE AUS DEM DORF FRESSEN MENSCHEN.«

...muss ich herausfinden, was hinter der Sache steckt!

Und genau, deshalb...

Fresst Menschen!

Fresst Menschen!

Ihr fresst Menschen!

Ist er von alleine durchgedreht? Oder waren die Dorfbewohner daran schuld?

... oder ich knall euch alle ab!

Gebt es zu...

Ich knall euch ab!

Fahrt zur Hölle!

Soll ich mit meiner Familie weiter in diesem Dorf bleiben...

...oder sollten wir besser von hier verschwinden?

...

Das
entscheiden
nicht wir.

Ob das so
gut war, ihn
gehen zu
lassen?

KRZ
KRZ

Sondern...

... er.

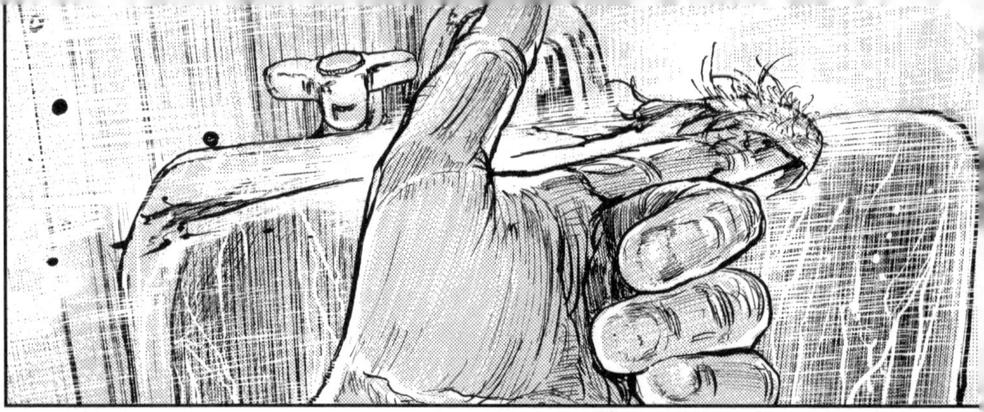
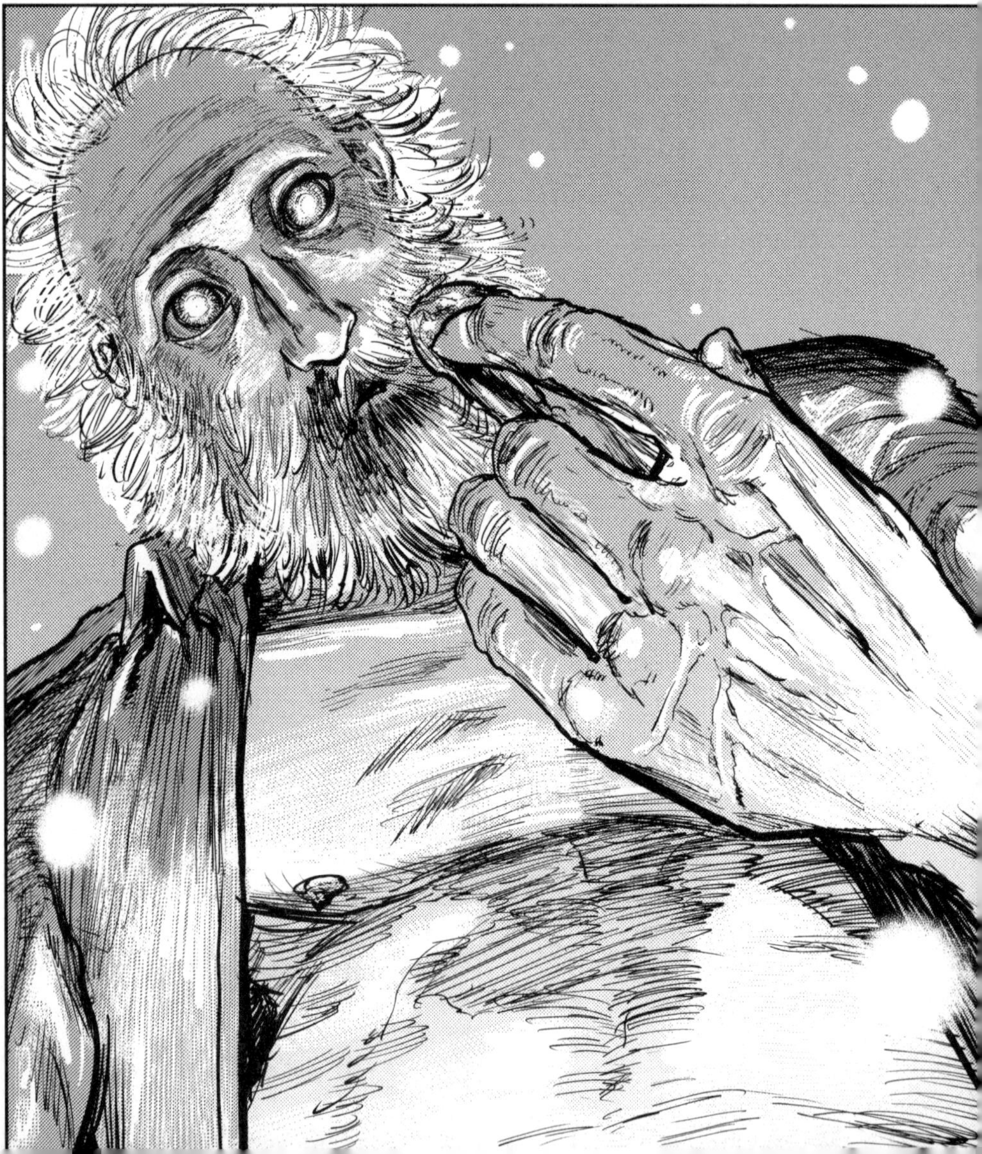

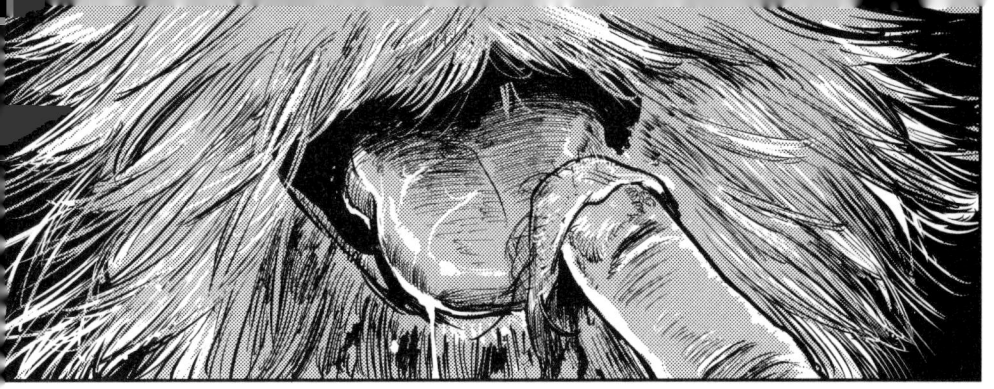

Kapitel 8

Na, Mashiro?

Frau Agawa!

Dann ist's ja gut.

Gefällt's dir in der Schule?

?

Ähm, und Sie sind?

Tut mir leid, ich hab mich noch immer nicht an den Namen gewöhnt.

Ach ja, klar!

Agawa! So heiß ich ja!

...

Agawa?

Sie waren doch schon Hallo sagen bei uns!

Ach, kommen Sie!

Aihara von nebenan!

Nicht wahr...

... Mashiro?

Wir sind gleich Freundin- nen geworden.

Das hier ist meine Tochter Natsuki.

Schon gut.

Bitte verzeihen Sie!

Ach ja!

Frau Aihara!

Übrigens...

Ja, ganz toll.

Hey, das ist ja großartig, Mashiro.

Damit wissen Sie ja wieder, wer wir sind.

Steht Ihre Familie...

... den Gotos sehr nahe?

Ach, Sie meinen die, mit denen er auch bei der Jagd zusammen war.

Tja, ich weiß nicht, aber ich habe diese Leute bis jetzt noch nicht kennengelernt.

Einige Leute haben gesehen, dass Ihr Mann...

... mit ein paar der Gotos was trinken war.

Öhm...

... jetzt machen Sie mich aber neugierig.

Halten Sie sich besser von ihnen fern.

Dann ist ja alles gut.

Bin ich froh!

Wirklich?

... der Bulle soll unterwegs zu Omas Haus sein.

Hey...

Wartet mal.

Was fällt der Ratte ein...

Gehen wir! Quer durch den Wald sind wir sofort da.

Genau!

Ich will nur, dass ihr Ruhe bewahrt.

Keisuke, was zum Teufel ist los mit dir?

...

Keisuke hat recht! Der Typ ist 'n Bulle!

Und **er** hat auch gesagt, dass wir uns beruhigen...

Willst du
den Fremden
etwa doch...

... beschü...

Sie
haben aber
recht.

Wieso gehst
du nicht mit
ihnen mit?

Idioten.

...

... hab
ich das
vor!

Auf
keinen
verfluch-
ten Fall...

...

... andere
Mittel und
Wege.

... auch
noch...

Aber es
gibt...

-- Goto

* In Trauer

Ist jemand zu Hause? Ich würde gerne mit Ihnen reden.

Hier ist die Polizei!

Hallo, ich komme von der Polizeiwache Kuge!

Allerdings...

...

Hm, keine Antwort...

... dass hier wirklich ein Mensch leben soll!

... ist es kaum zu glauben...

...denn seit vorhin spüre ich ganz eindeutig...

Aber irgendwer muss hier sein...

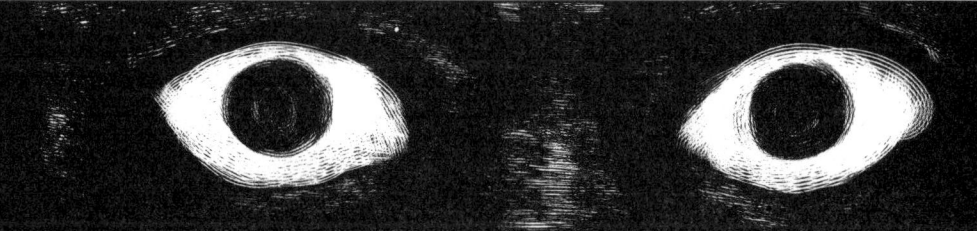

... Blicke im Nacken.

SWFF

...

?

Dieser Winkel...

Das ist das Fenster, von dem aus Kano gefilmt wurde!

Kein Zweifel!

Allerdings scheint niemand rauskommen zu wollen. Das heißt, meine einzige Alternative wäre, unverrichteter Dinge abzuziehen.

Am liebsten würde ich jetzt auf der Stelle da reinstürmen, aber ohne Durchsuchungs- befehl ist das wohl keine gute Idee.

Oh!

Sehr schön.

Ich hätte nur ein paar Fragen.

Was willst du hier?

Hey, Wacht- meister.

Muss ich wohl doch die Tür eintreten.

Soso.

Los, mach, wenn du dich traust!

Na?!

Und wieso fragst du dann nicht?! Frag doch, ob wir Kano getötet haben!

Sonst mach ich dich...

... auf der Stelle kalt!

...

Und lass dich nie wieder hier blicken!

Du ziehst jetzt Leine! Und zwar sofort!

FWAPP

... unterschätzt mich.

Ihr...

Er hat abgedrückt!

Aber ich habe sie auch unterschätzt.

BOOM

BOOM

BOOM

BOOM

BOOM

BOOM

Scheiße!

... hat echt abgedrückt!

Der Arsch...

Und schon ist sie auf Du und Du mit mir.

Das ist nicht meine Sorte Mensch.

Wir sehen uns!

Ja!

Tschüs, Yuki! War schön, mit dir zu tratschen!

?

Da sind Sie ja, gute Frau!

Kapitel 9

Kann ich... irgendwas für Sie tun?

PFF

...

FWPP

TAPP TAPP TAPP TAPP

Geben Sie mir einfach Ihren Namen und Adresse, und dann darf ich Sie bitten zu...

Keisuke Goto.

Mein Mann ist gerade nicht hier, aber falls Sie irgendwas von ihm brauchen, richte ich es ihm gerne aus.

Oh...

... da
seid ihr
ja!

*Halten Sie
sich besser von
ihnen fern.*

Goto...

Keisuke!

Warst
ja schnell
hier.

Was
machen
Sie hier?

Was
soll das?

M...
Moment
mal!

Was
soll dieser
Aufmarsch...

Und
wozu?!

Was?!

... Herr
Goto?

Ich
hab sie
herbestellt.

Wir alle
hier heißen
Goto.

?!

Und...

... ich will nichts von Ihrem Mann...

... sondern von Ihnen.

ZITTER ZITTER ZITTER

...

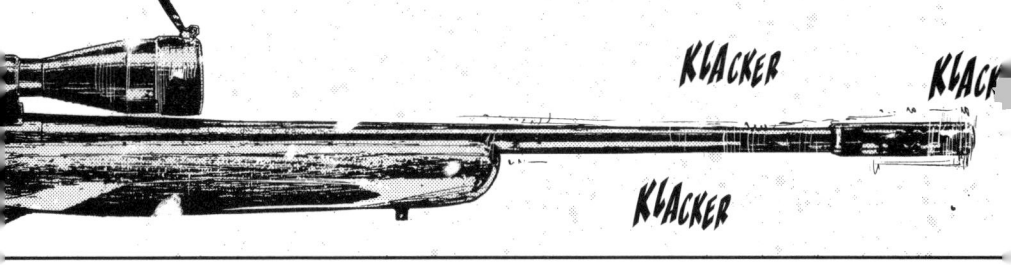

KLACKER

KLACK

KLACKER

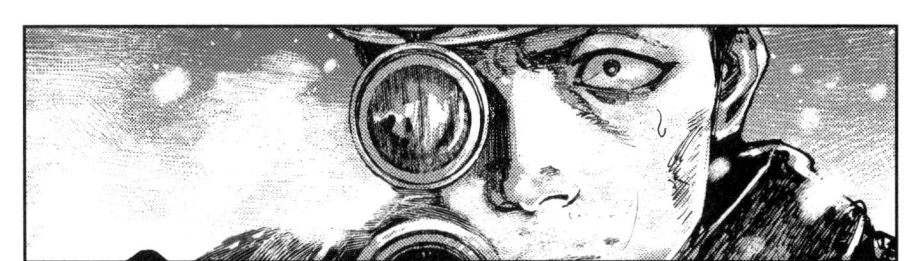

Sind die alle wahnsinnig geworden?

Der wollte mich wirklich...

Der meinte es ernst.

Niemand kauft dir die Scheißdrohung ab...

... wenn du nicht die Eier hast, abzudrücken!

HA

... vielleicht kann ich nicht auf Sie schießen.

...

Ja, stimmt...

Hn...!

... ich hab schon mal auf jemanden geschossen.

Aber...

Hä?

Sie
werden mich
jetzt...

... alle
zur Wache
begleiten.

... aber
glauben Sie
nicht, dass Sie das
retten wird.

Sie
können uns
festnehmen...

...

Früher hatte jedes Dorf seine eigenen Regeln.

Wir leben schon immer nach den unseren.

Eine Regel in Kuge lautet...

... »Halt dich von den Gotos fern.«

Und dafür werden Sie bezahlen.

Sie haben diese Regel verletzt.

... und auch Ihre Familie.

Sie...

Wir reden auf der Wache weiter.

Es reicht jetzt! Ruhe!

... wohin bringen Sie unsere Kinder?

Wachtmeister...

Rein in den Wagen, los!

Mutti...

Kazuo...

Warte, ich hol dich da raus.

Kazuo...

...

Lassen Sie das.

Gnädige Frau...

G...

Hören Sie...

Geht es Ihnen gut?!

Ihre Nägel...

Hng... Hrch...

Was auf unserem Grund passiert, darum kümmern wir uns selbst.

Wenn mein Sohn was Schlimmes angestellt hat, werd ich ihn schon ordentlich ausschimpfen.

... dass sich irgendjemand damit zufriedengibt?

Glaubt sie wirklich...

Was zur Hölle...

... redet die da?

... wie mein Vater verschwinden.

Geben Sie acht, dass Sie nicht auch...

Diese Leute haben ihren Vater...

Sie hatte recht.

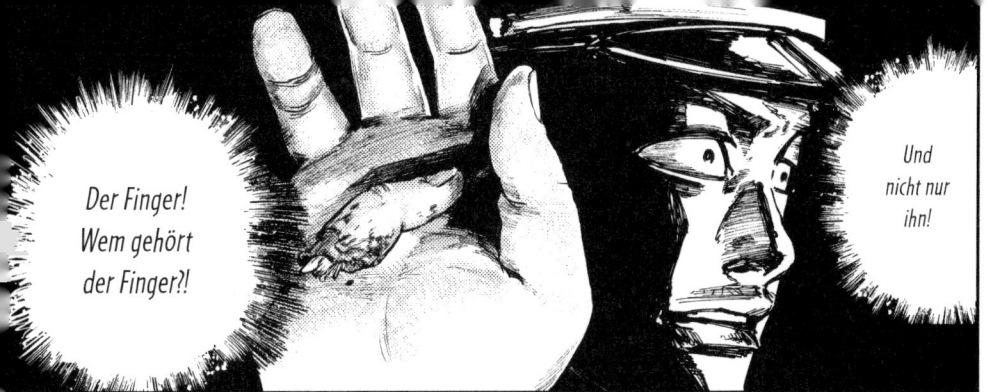

Der Finger! Wem gehört der Finger?!

Und nicht nur ihn!

BWASCH

Von wem zum Teufel sprechen Sie?

Was?! Wer?!

In unserer Familie spricht **er** die Urteile!

Sie dürfen sie nicht vor Gericht bringen!

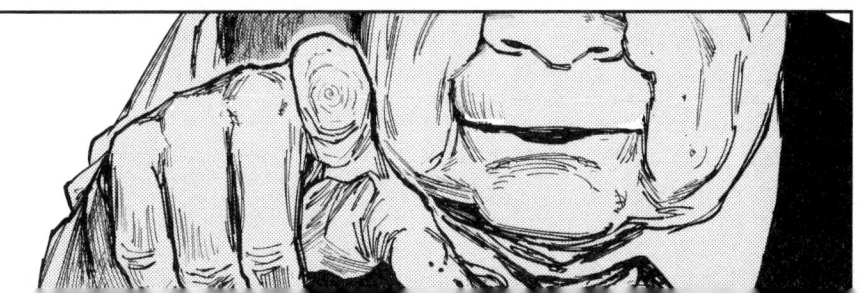

Der gewünschte Gesprächspartner ist im Moment nicht erreichbar. Bitte hinterlassen Sie eine Nachricht nach dem Signalton.

Hier spricht Nakamura von der Gerichtsmedizin.

Es geht um Ihr Fundstück.

Ich habe herausgefunden, von wem es stammt.

Der Finger...

...Ihrem vermissten Vorgänger...

...gehört...

* Lauf weg

...Osamu Kano.

Fortsetzung folgt...

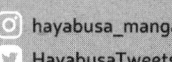

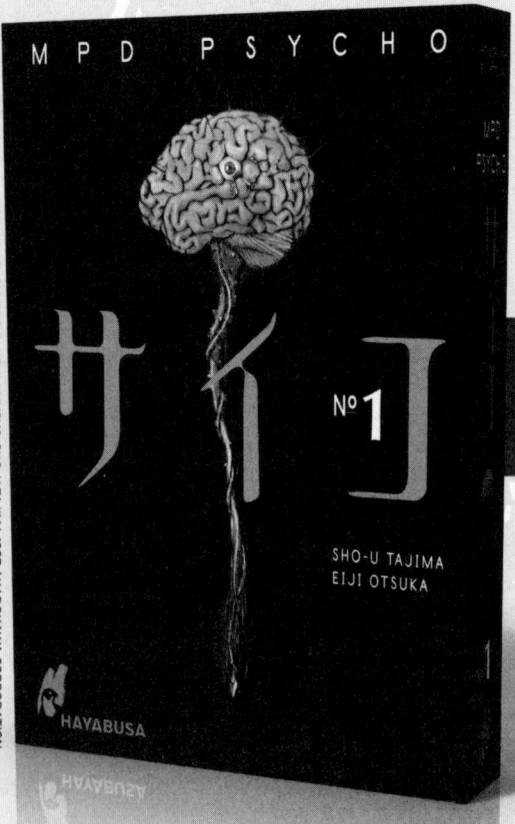

EDOGAWA EDOGAWA / RYUYA KASAI

THE VOTE

JEDES GEHEIMNIS KOMMT IRGENDWANN ANS LICHT!

Die Schüler*innen der Yanagizawa-Privatschule genießen das moderne Leben der Generation Smartphone. Minato ist neu und versucht sich in das bestehende Klassengefüge zu integrieren. Eines Abends ploppt auf Minatos Smartphone eine ihr unbekannte App auf: The Vote! Ein virtuelles Spiel, dessen Teilnehmende alle aus Minatos Klasse sind. Von nun an müssen alle am Vorabend jemand anderes auswählen, der eine Aufgabe lösen soll, andernfalls droht dem Auserwählten der »soziale Tod« – gleichbedeutend mit der Zerstörung seines gesellschaftlichen Lebens. Schnell wird klar: The Vote ist keine normale App sondern ein gnadenlos pervertiertes Spiel um Leben und Tod!

Provokant, polarisierend und schockierend – ein Psychothriller der grenzüberschreitenden Art.

Thriller • ab 16 Jahren
Großtaschenbuch • schwarz-weiß
ca. 192 Seiten • 12,5 x 18 cm

© Edogawa Edogawa / Ryuya Kasai / Kodansha Ltd.

HAYABUSA
www.hayabusa-manga.de

hayabusa_manga   HayabusaTweets

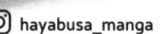 

Naoki Urasawa
•MONSTER•

MONSTER PERFECT EDITION
Band 1
428 Seiten, 14,5 x 21 cm
€(D) 20,– | €(A) 20,60
IN 9 BÄNDEN ABGESCHLOSSEN

Doppelbände
im **Großformat**
in verbesserter
Bildqualität und mit
neuen Farbseiten

Mörderjagd in Deutschland

Der mehrfach prämierte
Manga-Thriller von Max-und-Moritz-
Preisträger Naoki Urasawa!

Düsseldorf 1986... Der brillante Neuro-
chirurg Kenzo Tenma praktiziert an der
Eisler-Klinik und hat eine strahlende
Zukunft vor sich. Über die Entscheidung,
ob er lieber das Leben eines Jungen
oder das des Bürgermeisters retten soll,
verliert er fast alles, was ihm lieb ist: seine
Verlobte, seine Karriere und seinen sozialen
Status und obwohl er die Entscheidung
für richtig hält, fangen für ihn die Probleme
damit erst an! Denn als er es mit den
Unbillen der Krankenhaus-Politik und
Serienmorden zu tun bekommt, wird er in
eine große Verschwörung verstrickt...

www.carlsenmanga.de

DER MÖRDER IN MIR...

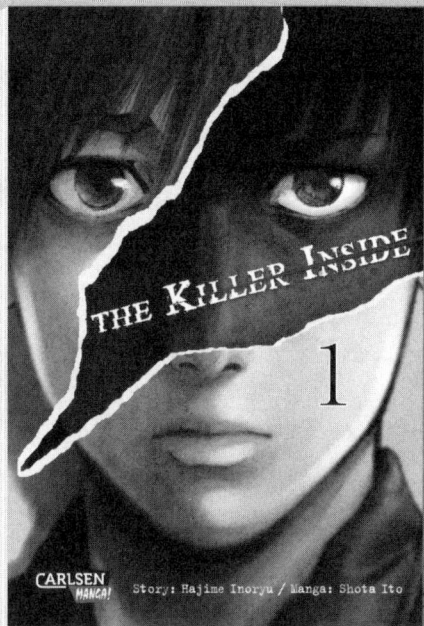

THE KILLER INSIDE
1

CARLSEN MANGA!

Story: Hajime Inoryu / Manga: Shota Ito

THE KILLER INSIDE

Story: **Hajime Inoryu**
Manga: **Shota Ito**

Dieser spannende und mitreißende Psychothriller
mit Horrorelementen lässt einen an allem zweifeln
– und an jedem!
Eiji Urashima ist Student und lebt nach dem Motto:
»Wer das Leben genießt, gewinnt.« Allerdings ist
er mit einem »harten Schicksal« geschlagen,
von dem er keinem erzählen kann.
Als er sich dieser Realität stellt,
wird er in eine grauenhafte
Tragödie hineingezogen.

Empfohlen ab **16**

Carlsen Verlag GmbH | Völckersstraße 14 - 20 | 22765 Hamburg

CARLSEN MANGA!   www.carlsenmanga.de   carlsen_manga   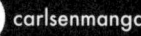 carlsenmanga

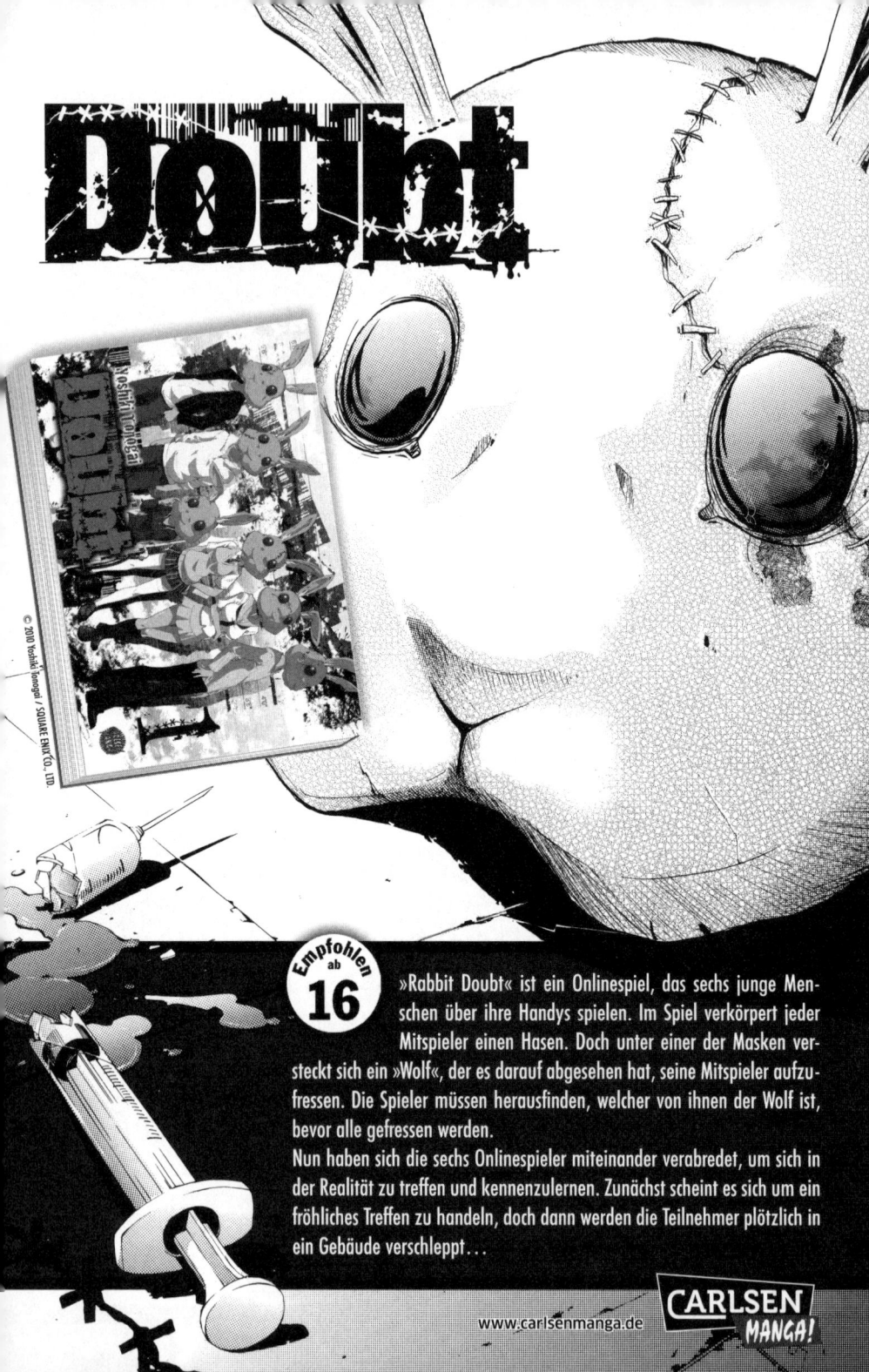

Doubt

Empfohlen ab 16

»Rabbit Doubt« ist ein Onlinespiel, das sechs junge Menschen über ihre Handys spielen. Im Spiel verkörpert jeder Mitspieler einen Hasen. Doch unter einer der Masken versteckt sich ein »Wolf«, der es darauf abgesehen hat, seine Mitspieler aufzufressen. Die Spieler müssen herausfinden, welcher von ihnen der Wolf ist, bevor alle gefressen werden.

Nun haben sich die sechs Onlinespieler miteinander verabredet, um sich in der Realität zu treffen und kennenzulernen. Zunächst scheint es sich um ein fröhliches Treffen zu handeln, doch dann werden die Teilnehmer plötzlich in ein Gebäude verschleppt…

www.carlsenmanga.de

CARLSEN MANGA!

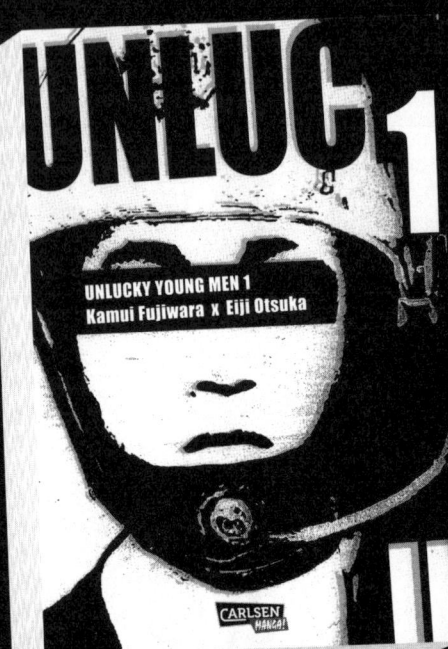

Wir behalten uns die Nutzung unserer Inhalte für Text und
Data Mining im Sinne von § 44b UrhG ausdrücklich vor.

HAYABUSA
2023 Carlsen Verlag GmbH
Völckersstraße 14-20, 22765 Hamburg
Aus dem Japanischen von Martin Bachernegg
GANNIBAL vol.1
© Masaaki Ninomiya 2019
Originally published in Japan in 2019 by NIHONBUNGEISHA Co.,Ltd., Tokyo.
German translation rights arranged with NIHONBUNGEISHA Co.,Ltd.
through TOHAN CORPORATION, Tokyo
Redaktion: Germann Bergmann
Herstellung: Maria Niemann
Alle deutschen Rechte vorbehalten
ISBN: 978-3-551-62339-3

FOLLOW THE FALCON
www.hayabusa-manga.de
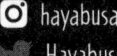 hayabusa_manga
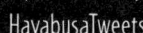 HayabusaTweets

FSC
www.fsc.org
MIX
Papier | Fördert
gute Waldnutzung
FSC® C014496

Wir produzieren
nachhaltig
• Klimaneutrales Produkt
• Papiere aus nachhaltigen
  und kontrollierten Quellen
• Hergestellt in Europa

HALT!

GANNIBAL

ist eine japanische Serie, die originalgetreu von
»hinten« nach »vorne« und von rechts nach links
gelesen wird! Schlagt das Buch also »hinten« auf
und blättert Seite für Seite nach »vorne« weiter!
Auch die Bilder und Sprechblasen werden von
rechts oben nach links unten gelesen! Hayabusa
wünscht gute Unterhaltung!